宮沢賢治との接点

池川敬司

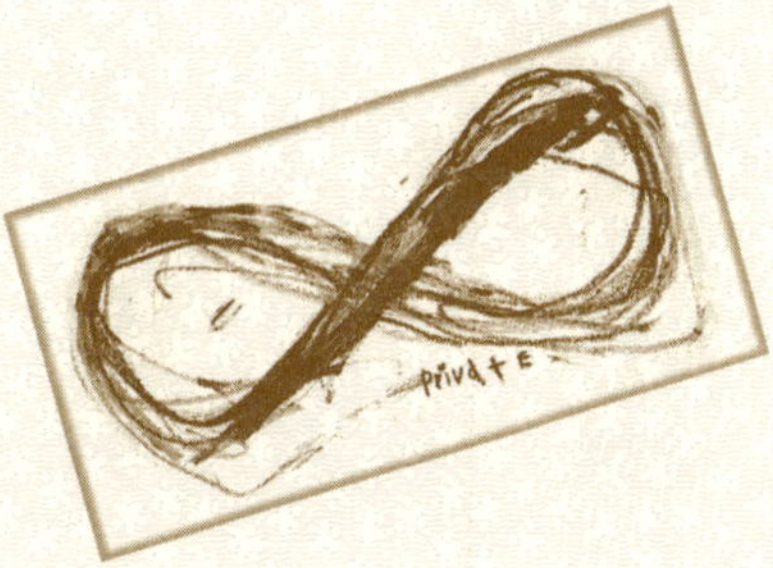

和泉選書

目次

第三章　童話論

第四章　研究史

第一章　作家論

第一節　宮沢賢治の初恋と短歌

―不可解な歌をめぐって―

はじめに

宮沢賢治の初恋をめぐる短歌には、奇妙で不可思議と言うしかないような短歌が少なくないが、そんな中には不気味であり醜悪であるといった、おおよそ恋や愛とは結びつけたくないように思われるものもある。たとえば次のような歌である。

105　つゝましく午食の鰤を装へるはたしかに蛇の青き皮なり
110　さかなの腹のごとく青白く波うつ細腕は赤酒を塗ればよろしかるらん

（以上二首、「歌稿〔A〕」最終形態[1]）

賢治は盛岡中学卒業の直後（大正三年四月）、鼻の病で岩手病院に入院しているが、そこで出会った看護婦[2]に初恋をするのである。退院するまで病熱に苦しみ、また進学について父との確執に悩みながら、また恋に身を焦がす日々を送るのであるが、日録のように賢治は、一首一首の短歌にそれを込めているのである。冒頭に掲出した「歌稿〔A〕」、それにもとづいて編集された「歌稿〔B〕」はともに賢治の短歌集と言っていいものである。詳細は後述するが、簡単に触れておけば、「歌稿〔A〕」は妹達（筆写）と賢治が、そして「歌稿〔B〕」は「歌稿〔A〕」にもとづいて賢治自身が、編んだものである。それを校本全集に収録するに際して、「歌稿〔A〕」「歌稿〔B〕」と呼称し、またその内容が対応する歌には共通の番号が付けられている。

初恋をめぐる歌は退院後も続くのであるが、その一連の短歌（群）は、一まとまりとして八〇番歌から一八五番歌までと、一応区切って見ることができる。その意味で一〇五、一一〇番歌は、まさに初恋の渦中にあって作られた歌と言っていいものである。その奇妙さ不気味さ、見方を変えればユーモア（ブラックユーモア）は、病床にあったことにもよろうが、また半ば以上は初恋の熱情のせいでもあると、ひとまず言っておきたい。本稿では、「歌稿〔A〕」「歌稿〔B〕」での主に二首の短歌の掲出の仕方を問題にしつつ、またその短歌の読みの可能性を探ってみたいと考えている。

一

さて初恋をめぐる短歌について、すでに筆者は「宮沢賢治の初恋と創作―短歌・文語詩を中心に―」(3)を書いているが、初恋が入院中であったこともあり、病と関連付けながらも、初恋と短歌を中心とした論述におもきを置いて、その有様を考察した。本節はそれ（以下、前稿という）を踏まえた上での考察ということになる。

賢治はこの時のことを晩年、「恋のはじめのおとなひは／かの青春に来りけり」（文語詩未定稿「機会」の冒頭二行(4)）と書き記しているが、看護に当たった一人の人に熱烈な恋をするのである。すでに触れたように、この入院は鼻の病でのものだったにもかかわらず、こともあろうにチブス菌に感染し、その病熱に苦しむことにもなる。

そうした病熱のせいと思われる短歌として、「歌稿〔A〕」八三番歌「白樺の老樹の上に眉白きをきな住みつゝ熱しりぞきぬ（最終形態）」という歌がある。また前稿で〈赦焦げの月〉の歌群と呼称した、何度となく襲った病熱の、その原因（病名＝チブス）が判明しないことによる不安や焦燥・危惧から、不眠に苦しむ中にあって歌った短歌群の一首、これも「歌稿〔A〕」九四番歌「ちばしれるゆみはりの月わが窓にまよなかきたりて口をゆがむる（最終形態）」などがある。

初恋に関する短歌は、例えば一一二番歌「すこやかにうるはしき友よ病みはてゝわが眼は黄なり狐に似ずや」（「歌稿〔A〕」最終形態）のような、恋に恋するような状況の歌は少なく、退院後のものを含め、むしろ恋に焦がれる熱情によって、一種異様であったり心穏やかでない歌が多いのである。そこには危機感、失意、不気味さ、不可解さなどと言った、恋に苦しみ懊悩し葛藤し、苦渋に満ちた内面を吐露する、精神的にも肉体的にも不安定な状況下にある自らを対象化した歌が並ぶのである。以下は全て「歌稿〔A〕」によるが、たとえば次のような歌である。

131　岩つばめわれ（——）につどひてなくらんか大岩壁の底に堕ちなば
134　わがあたまときどきわれにきちがひのつめたき天を見することあり
160　そらに居て緑のほのほかなしむと地球の人のしるやしらずや
（以上、いずれも最終形態）
166　目は紅く関折《ママ》多き動物が藻のごとくむれて脳をはねあるく
（第一形態）

恋の熱情に侵された者の、精神的不安定な状況下にあったことによる幻覚や錯覚、あるいは不確かな気分のもとで歌われたものだとすれば頷ける歌だが、賢治の初恋に関わる短歌はそうした歌が多く、ここではその一部数首を引用した。一三一番歌は、求めて求め得られない恋に失望し自暴自棄になり、思わず口をついて出た自己抹殺（自殺願望）の歌であり、一三四番歌も、失意の直中にあってその存在の不確かさ（希薄）を歌ったものであり、一六〇番歌に至っては、存在の希薄さが宇宙感覚（幻覚）となって歌われたものである。また一六六番歌は、脳の異化という感覚の異常さを示す歌であり、類歌として一六二番歌「なにの為に物を食ふらんそらは熱病馬はほふられわれは脳病」や、一六七番歌「物はみなさかだちをせよそらはかく曇りてわれの脳はいためる」（以上二首、最終形態）と言ったものがある。[5]

こうした短歌は、恋や愛とは一見相容れないもののようだが、初恋をめぐる賢治の短歌の全体を見渡した時、むしろその恋への激情や求めて求め得られない精神的痛手が、そうした〈狂〉的なものを生み出しているとも言えるのである。つまり良くも悪くも賢治の初恋は、そうしたものを全て抱え込むものとして、推移し成立しているということになる。そうした範疇に入る歌の典型といっていいのが、冒頭に掲出した一〇五番歌や一一〇番歌であり、またそれの類歌である。

すでに前稿において賢治の初恋の経緯について触れたが、そこでは初めから相手との意志疎通を欠き、欠く故に相手の心が見えず、見えない故に苦しむという心の悪循環があり、求めて求め得られないプラトニックな恋(6)であったことを明らかにしている。プラトニックな恋の始末の悪さは、始まりがあって終わりがないことである。もし終わりがあるとすれば、それは始末の悪さに苦しみ、その苦しみから逃れるために強引に終わったと自分に言い聞かせる（強引に蓋をする）からである。恋の成就がないばかりか、自分が苦しみもがいて求めることの、それを打ち消すであろう相手の拒絶という、直接な恋の痛手のないプラトニックな恋は、その意味で終わりがないのであり、終われないのである。むしろ美しい記憶だけではない初恋の、求めて求め得られない懊悩の痕跡は、どろどろとしたカオス（混沌）として、いつまでも残り続けるのである。初恋としてのプラトニックな恋は終わったとしても、それの心に残した痕跡は、薄れることはあっても恐らくその存在の終焉まで決して消えることはないのである。

初恋をめぐる賢治の短歌が、恋することあるいは恋そのものを歌う歌が少なく、求めて求め得られない懊悩の、その跡付けをする歌が多いのはそのためである。

二

さて一〇五番歌とそれに関わる一連の歌群を、「歌稿〔A〕」「歌稿〔B〕」ともに列挙してみる。それはこれらの歌群の特質についての解釈を進める上で、歌稿の形成過程（推移）・作品の成立過程を、あらかじめ明確にしておく必要があるからである。

先にその一端に触れたが、「歌稿〔A〕」「歌稿〔B〕」のその形成・成立について、以下詳らかにしておきたい。大きくは先ず「歌稿〔A〕」が妹達（トシとシゲは書写）と賢治によって、そして「歌稿〔B〕」が賢治自身によって編まれている。またその後も「歌稿〔A〕」「歌稿〔B〕」ともに賢治によって推敲されたり改作されたり付け加えられたりと、いくどもの手が加えられているものである。(7) その歌稿形成過程の中で注目されることの一つは、「歌稿〔A〕」にあって「歌稿〔B〕」に入れられなかった歌が多くあるということであり、ここで取り上げた一〇五番歌を含む前後の一連の歌群は、特にその点を著しく留意すべきである。

「歌稿〔A〕」の九八番歌から一一〇番歌は、「病院の歌　以下」と言う詞書があって、以下、次のように掲出されている。

98　熱去りてわれはふたゝび生れたり光まばゆき朝の病室

99〔破棄〕
100〔破棄〕
101〔破棄〕
102〔破棄〕
103〔破棄〕
104〔破棄〕
105 つゝましく午食の鰤を装へるはたしかに蛇の青き皮なり
106 わが小き詩となり消えよなつかしきされどかなしきまぼろしの紅
107 かなしみよわが小き詩にうつり行けなにか心に力おぼゆる
108 目をつぶりチブスの菌と戦へるわがけなげなる細胞をおもふ
109 今日もまたこの青白き沈黙の波にひたりてひとりなやめり
110 さかなの腹のごとく青白く波うつ細腕は赤酒を塗ればよろしかるらん　（以上全て、最終形態）

まず気がつくことは、一〇五番歌に先立つ九九から一〇四番歌が〈破棄〉されていることである。何らかの形跡があるけれども破棄されたということだろうが、新校本「校異」では、この一連の短歌群の破棄にいたる経緯ついて、次のように推測している。

この六首分の紙片は破棄されている。その破棄はいつ行なわれたかはわからないが、「歌稿〔B〕」を自筆浄書する折にこの六首が除かれているのを見ると、浄書前または浄書時と考えられよう。なお、「歌稿〔A〕」には破棄部分の綴じ代が残っているから、「歌稿〔A〕」を賢治が綴じて後の破棄である。(8)

破棄したことの理由や意味を知ることはともかく、どのような歌がそこにあったかを考えることは、以下の点で無駄ではない。その全体が見えなくても、あるいは具体的な内容が分からなくても、それは書かれた内容がいかなるものであったかを、可能な限り推測することが有意義であるからである（この点についての、さらなる筆者の考えは後述）。

この「校異」によって分かることは、九九から一〇四番歌を破棄したのは、「歌稿〔B〕」の浄書前か浄書時、さらに絞り込んで〈「歌稿〔A〕」を賢治が綴じて後の破棄〉であったということになる。もう少し分かりやすく言えば、「歌稿〔A〕」にあった九九から一〇四番歌を、「歌稿〔B〕」を編むときに掲出せず、また一端「歌稿〔A〕」に綴じ込んでいたそれを、後になってから破棄したということである。すでに触れたが「歌稿〔A〕」の浄書の経緯を、「校異」に従って詳細に辿れば、妹トシが本文第一葉から第四〇葉（六四五番歌）まで、シゲが第四一葉から第四三葉（六七二番歌の途中）まで、それ以降は賢治ということになる。

ということは、問題としている九九から一〇四番歌をトシが浄書した時は、歌そのものは存在していたということになる。また破棄とは別に、これも校本収録が歌番号のみで〔削除〕〔判読不能〕（一三五から一三九番歌）として扱われているものもある。[9] 不用意な言及は控えるが、不都合があったり掲出するに及ばないとの判断が、そこにはあったからであろうが、様々な憶測・推測を惹起する歌（群）ではある。判読不能の歌の内容はどのようなものであったのか、当然初恋と関わることで興味深いが、ここではひとまずおいて先を続ける。

「歌稿〔B〕」は賢治の自筆によるもので、「歌稿〔A〕」をもとにそれを整理しかも一部を除き、その短歌の大半は行分け（分ち書き）[10]に書き改められている。そこで特筆すべきは、九九から一〇四番歌のみならず、一〇六から一〇九番歌も掲出されず除外され、一〇五と一一〇番歌を残していること、つまり二首が並列した形で掲出されているということである。

三

先ず「歌稿〔A〕」から検討してみたい。「歌稿〔A〕」は賢治の短歌にかかわる全ての始源を収めたものと言っていいものであり、たとえ歌そのものがなくともそれと認められる形跡——当初はあったであろうもの——があれば、校本では歌番号を立てているのである。とすればそのないもの、空白の歌（群）を読むことは、歌として成立している歌（群）の不透明な部分を補うものとして、憶測しさらに推測することは許されると考える。むろんその作業が、辻褄合わせや穴埋めに終始する懸念はある。がしかし、本節で取り上げる不可解な歌（群）の解明は、その懸念を恐れては進められないし、何より賢治が歌としてそうした形で痕跡を残していることへの解答にはならない。

この欠落した歌群が伝えるものは何か。前稿でも少し触れたが、そこには掲出した歌（群）以上に、恋する者に対して求めて求め得られない衝動や、そしてそれに対する求める者の内部に惹起される、懊悩・相剋・憤怒・焦燥といった、激しい揺動・葛藤を内包する歌（群）があったと推測されるのである。

さてこれが「歌稿〔B〕」ではどうなっているかと言えば、九七番歌「よろめきて／汽車をくだれば／たそがれの小砂利は雨に光りけるかな。」の後、九八から一〇四までは歌番号もなく短歌もなく、いきなり、

つつましく
午食の鰤をよそへるは
たしかに蛇[11]の青き皮なり。

*

さかなの腹のごとく
青じろくなみうつほそうでは
赤酒を塗るがよろしかるらん。

（以上二首、最終形態）

と、二首を並べて掲出していて、以下一一一番歌と続いている。

つまり、「歌稿〔A〕」にはあった一〇六から一〇九番歌までの四首も「歌稿〔B〕」には掲出されなかった。これについては少し前稿でも触れたが、あらためて四首がどのような歌であったのかその内容を見てみると、以下は全て「歌稿〔A〕」(最終形態)だが、一旦退院の目途がたって訣別を告げる一〇六番歌「わが小き詩となり消えよ……」、一〇七番歌「かなしみよわが小き詩にうつり行け……」であり、またその原因不明の病熱に苦しみ、不眠症に悩んだ原因が実はチブス感染にあったことを告げる一〇八番歌「目をつぶりチブスの菌と戦へる……」であり、そうした状況下にあって進退きわまった沈潜した心境を伝える一〇九番歌「今日もまたこの青白き沈黙のなかにひたりてひとりなやめり」である。

と言ってそれらは必ずしも一〇五番歌と一一〇番歌を、直接結び付ける短歌とは言いがたいこともあって、「歌稿〔A〕」にあって二首はことさら結びつけて解釈するというより、それぞれが独立した歌として読めるのである。

ところが「歌稿〔B〕」の場合は、一〇五番歌と一一〇番歌を並べて掲げられていることから、自ずから二首は併読し関連づけて読むことを印象づける。つまり、「歌稿〔A〕」のように一〇五から一一〇の歌群の中の、それぞれとして単独で読む場合と違い、二首を比較し関連づけて読む場合とでは、自ずからその歌意が変わることを暗示しているのである。と言うのは、推敲によって偶然そうなったというより、そこに賢治の意図的演出を筆者は見るからである。

つまり一〇六から一〇九の歌群は、それが歌として「歌稿〔B〕」に掲出するに相応しくないと判断したのではなく、一〇五と一一〇番歌を並列し掲出するために、それらの歌群は除かれたのだと筆者は考えるのである。そうしたことを念頭におきながら、この二首、特に一〇五番歌の解釈の可能性を探ってみたいと思う。

四

さて「歌稿〔B〕」の一〇五番歌を読むと、若干の解釈の無理（ごり押し）を除けば、少なくともこの短歌は二つのイメージを持ち、当然ながら全く異なる二つの解釈が成立するように思われる。なぜそうなるかを仔細に考えてみると、それは「よそふ」（装ふ）という言葉そのものの持つ、多義性ゆえであると言うことが分かる。それというのも「よそふ（装ふ）」には三つの語義があり、広辞苑には、

⑴　したくをする。取りそろえて準備する。
⑵　つくろう。飾る。
⑶　飲食物を整えて、用意する。飲食物をすくって器に盛る。

とある。その内一〇五番歌を解釈する上で、自然な読みが成立するのに対応するのは(2)と(3)である。(1)も確かに(3)と重なるのであるが、ここでは解釈上(3)のように意味をより絞り込んだほうが、この一首の解釈では無理がないという意味で、それを除く。

まず(2)をもとに解釈してみよう。ここで「つつましく」が修飾しているのは、当然「よそへる（装へる）」であり、言ってみれば「慎ましく装飾している」と言うことになる。さらに何を装飾しているかと言えば、午食（昼餉）に出されたおかずである「鰤」（の表皮）である。つまり慎ましくも昼餉に出された鰤の表皮を装飾している、と言うことになる。そして「よそへる（装へる）」がかかるのは、「蛇の青き皮」であり、さらに言えば鰤と表皮のつながりがそうであったように、その皮の模様とするのが自然と言うことになる。

つまり「つつましく」と「よそへる」の関係は、ややその結びつきに無理があるが、皮肉なものの見方とすれば成立しなくもない。その見方を前提に、分かりやすく歌全体を解釈すれば、昼餉に出された鰤をじっと見ていたら、慎ましくその表皮を装飾しているのは、確かに「蛇の青き皮」のようなあの模様（装飾）であるということになる。以上のことを通して解釈すれば、…

〔歌意〕　慎ましく、昼餉のおかずである鰤の表皮を装飾しているのは、あの青みを帯びた蛇の皮の模様である。

となる。ところが(3)をもとに考えると、「つつましく」「よそへる」の「よそへる」は、昼餉のおかずを皿に盛りつけ準備をする者（＝賢治の初恋の相手である看護婦と筆者は見る）の動作ということになる。つまり、慎ましく昼餉のおかずの鰤を皿によそえる（盛りつけている）者は、と言うことになる。しかしそれだけでは解釈は成立しない。何故ならそのままでは、「おかずを皿に盛りつけている者」が修飾するのは、「たしかに蛇の青き皮なり」となるからである。

ところが言葉をさらに付け加えて、「よそへる」をよそえる（おかずを皿に盛りつけている）者のその細腕は、としたらどうであろう。すると解釈は成立するのである。しかもその細腕をさらに細腕の皮膚とすることで、不気味な感じはひとまずおくとして、一首の解釈はほぼ完璧に成立するのである。

〔歌意〕　慎ましく昼餉の（おかずの）鰤を、（皿に）よそっている（盛りつけている者のその細腕の皮膚は）、（たしかによく見るとあの）蛇の青い皮（の模様）である。

ここで言う蛇の皮に譬えられた細腕の皮膚の模様とは、人の肌に現れる斑紋である。露出した腕の体温と周囲の空気の温度差が大きい時に、しばしば皮膚の表面に浮き出るあの模様である。そうした視点で解釈して見れば、昼餉のおかずをよそっている（盛りつけている）人の腕を、トリビアルに瞬時に捉えた歌と言うことにもなる。

またこの(3)で成立する解析は、後の一一〇番歌「さかなの腹のごとく／青じろくなみうつほそうでは／赤酒を塗るがよろしかるらん。」と併読することによって、よりそれが確かなものとなるのである。その事実を明確に示そうとしたのが、「歌稿〔B〕」での並べての掲出である。すでに掲出しているが再度引用すれば、

105　つつましく
昼餉の鰤をよそへるは
たしかに蛇の青き皮なり。

＊

110　さかなの腹のごとく
青じろくなみうつほそうでは
赤酒を塗るがよろしかるらん。

となっている。一一〇番歌の歌意は、皮膚が魚の腹のように青白く波うっている細腕だが、健康に見えるように赤酒を塗ったらいい、となる。この歌の主体は細腕の主ではなく、細腕の主（恋する人）に呼びかけるモノローグの主である。つまり細腕の主に向かって、あなたの腕はまるで「さかなの腹」のように青白く不健康で痛々しいので、赤酒を塗って健康に見えるようにしたらいいだろう、と

呼びかけているのである。

そこで気付くことは一つの見方として①、一〇五の主体が昼餉のおかずである鰤の表皮であり、それが蛇の皮の模様に似ていると読めるけれども、一一〇番歌を併読し比較する視点を導入すると、もう一つの見方②である、昼餉のおかず（鰤）をよそう（皿に盛りつける）人間を主体とした読みの方が、より妥当に思われるのである。要点をまとめれば、一〇五番歌においては、おかずを盛りつける人の細腕の皮膚は、まるであの蛇の青い皮のような模様である、となり、一一〇番歌では、魚の腹のような青白く不健康な細腕の皮膚には、となる。

そしてその二首が並べて掲出した意味（意図的演出）は、併読し関連付けて解釈するということであり、そうすることで二首に共通する、イメージの連鎖がそこに生まれるということである。もう少し分かりやすく二首のイメージの連鎖を説明すれば、鰤の表皮が蛇の青い皮に重なり、蛇の青い皮が細腕の皮膚に重なり、細腕の皮膚が鰤の表皮に重なるという風に、イメージが循環するのである。

恋する人の腕の皮膚の斑紋と、蛇の皮を結びつける、あるいは鰤の表皮に結びつける驚きは、その人の腕に対する限りない関心が、そして恋するその人自身に対する執着というものが、そうした至近距離からのトリビアルな視点を用意し、ディテールに透徹し異形化したイメージとして定着させていることである。いうまでなくあるものを何かに譬えることは、それほど驚くことではない。しかし蛇の皮の模様をその人の腕に見いだすその透徹した観察力・洞察力は、美・醜の対峙を越えて読む者に迫るものがある。

また「歌稿〔B〕」において、ついに届くことはなかったにしても、「赤酒を塗るがよろし」と呼びかけるモノローグのユーモラスな物言いは、その模様の持つ細腕の主（存在）への、限りないほのぼのとした思いの深さというものを感じてならない。それは恋する人間の持つ多面性の一端の提示と見るべきであろう。

おわりに

一旦一〇五番歌と一一〇番歌が並べられ、「歌稿〔B〕」上に成立したことは明確であるが、しかし、その二首の成立を否定するように後の手入れで賢治は、一一〇番歌に〔斜線〕を付し抹消しているのである[12]。この「歌稿〔B〕」に二首を並べて掲出することの段階から、一一〇番歌を削除し最終的に単独の一首一〇五番歌だけにした意味は何なのか。大いに興味深いことだが、その稿は別に改めるとする。

ともあれ恋する人を恋するままに歌うだけでなく、その人の持つ属性や特質までも、くもりなくリアルに捉えようとする姿勢を、偽りなく賢治はみせている。そこでは美も醜も、観念も実体も、そして虚も実も区別なく描くということになる。そうしたものの一端が、初恋をめぐる賢治の短歌の背後には、絶えず見え隠れすることも確かである。

注

（1）【新】校本全集第一巻「本文篇」の「歌稿〔A〕」（18〜19頁）の、本文（最終形態）と下段（第一形態）を参照。
（2）川原仁左衛門『宮沢賢治とその周辺』（昭47・5、同書刊行会編）参照。
（3）「宮沢賢治の初恋と創作―短歌・文語詩を中心に―」（安川定男先生古稀記念論文集編集委員会編『近代日本文学の諸相』平2・3、明治書院。後、拙著『宮澤賢治とその周縁』再録。平3・6、双文社出版）。
（4）前掲注（1）全集第七巻収録「文語詩未定稿」238頁参照。
（5）前掲注（1）全集第一巻「本文篇」の「歌稿〔A〕」（21頁、24〜25頁）の、本文と下段を参照。
（6）本来、肉体関係のない精神的恋愛の意味だが、ここでは片思い（unrequited love）という意味で用いている。
（7）前掲注（1）全集第一巻「校異篇」の「歌稿〔A〕」（5〜7頁）、「歌稿〔B〕」（23〜24頁）や、『『歌稿〔A〕』『歌稿〔B〕』に関する補説」（71〜72頁）を参照。
（8）前掲注（1）全集第一巻「校異篇」の「歌稿〔A〕」（9頁下段）を参照。
（9）前掲注（1）全集第一巻「本文篇」の「歌稿〔A〕」（22頁）、ならびに「校異篇」の「歌稿〔A〕」（10頁下段）を参照。
（10）「歌稿〔B〕」には一行書きの短歌もあるが、行分け（分ち書き）短歌に関して言えば、いうまでもなくそれは盛岡中学校の十年先輩になる石川啄木の影響である。それに短歌に目覚めたのも、その歌集『一握の砂』（明43・12）を手にしてからである。ちなみに啄木の行分けは三行に統一されているが、賢治のそれは二から六行と多様である。

（11）＊印は各首の間にある。前掲注（1）全集第一巻「校異篇」の「歌稿〔B〕」（23頁下段）参照。

（12）前掲注（1）全集第一巻「本文篇」の「凡例　十三」と、本文（123頁）参照。

【付記】　本節は、【新】校本全集第一巻〈短歌・短唱〉に依った。

第二節　宮沢賢治と鈴木三重吉

―決して交わらない構図―

はじめに

宮沢賢治の童話創作について、賢治自身が尋常小学校時代に担任の影響を受け、〈私の童話や童謡の思想の根幹は、尋常科の三年と四年ごろにできた〉（八木英三「宮沢賢治に聞いた事」、草野心平編集「宮沢賢治研究」5・6合併号収録、昭11・12）と語っている。

ただ創作の開始を見ると、盛岡高等農林の研究科時代（大正七年）、弟たちに「蜘蛛となめくぢと狸」や「双子の星」を読み聞かせたと言われている。これについて恩田逸夫は、鈴木三重吉の「赤い鳥」創刊（大7・7）の影響を指摘し、そのことは偶然であったかもしれないとしながら、賢治が〈「赤い鳥」の発刊によって創作意欲にまで高められたことは想像できる〉（「教養環境としての当時の文芸思潮」）と言及している。

と言っても、童話創作が本格化したのは、やはり大正十年の上京時、国柱会の高知尾智耀の示唆[1]によるところ大であった。ただ更に言えば、イーハトヴ童話集『注文の多い料理店』（大13・12、杜陵出版部・東京光原社）を刊行した際に、三重吉の元に送っている事実を考える時、前述の恩田の指摘が意味あることのように思われる。賢治が三重吉と「赤い鳥」を強く意識していたことの証左になろう。

明治以降の巖谷小波に代表される教訓・美文を主体とするお伽噺から〈童話〉への大転換を担った三重吉の、その主宰する「赤い鳥」への賢治の接近の事実と、にもかかわらず受け入れなかった三重吉の真意は一体いかなるものであったか。これは大正から昭和期童話界の興味深い一事実そのものであり、これを検証することはこの期の三重吉と「赤い鳥」、それに賢治童話の位置や意義を解き明かすことに繋がるであろう。

一

賢治と三重吉の接点を用意したのは、堀尾青史の『年譜　宮沢賢治伝』（以下『年譜』とする）によれば、『注文の多い料理店』の挿画・装幀を担当した菊池武雄である。菊池は賢治の親友花巻高等女学校の藤原嘉藤治の、小学校勤務時代の同僚である。菊池は『注文の多い料理店』を直接三重吉に送った。それに対して好意を持って応えるかのように、「赤い鳥」の大正十四年一月号には、一頁大の広告（次頁掲出）[2]が掲載されている。ただしそれはある編集者の判断によるもので、決して三重吉の意向によるものではなかった。事後（掲載後）三重吉は担当の者を叱責しているのである。[3]

三重吉が直接編集を担当していれば、広告の掲載はなかったということになるが、それを歴然と裏

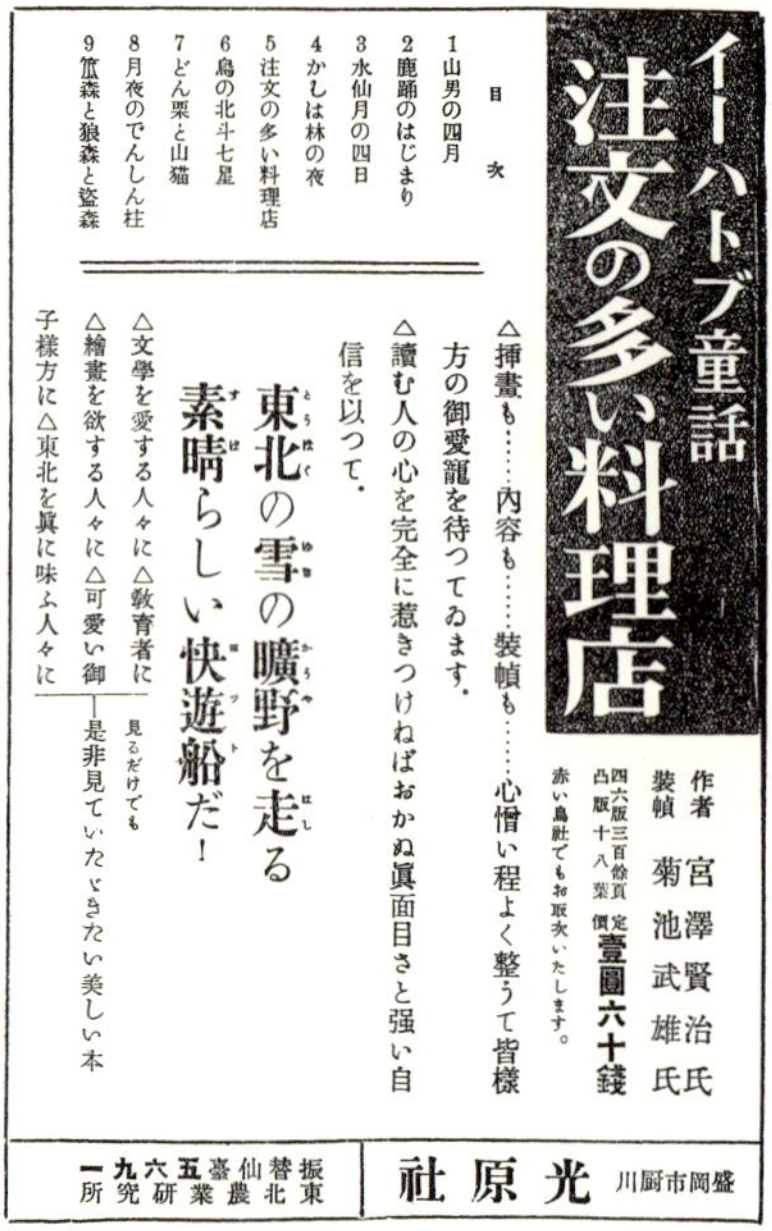

雑誌「赤い鳥」（大正 14 年 1 月号）掲載の、『注文の多い料理店』の広告

付けるように、賢治の童話掲載は拒んだことが伝えられている。前述の三重吉との接点を用意した菊池の動向を、堀尾の『年譜』は次のように伝えている。

大正十四年の春に菊池は上京する。菊池はやがて三重吉との交渉の機会を得る。賢治に原稿を送らせそれを三重吉に見せて判断を仰ごうとしたのである。しかし三重吉からは何の反応もなく、賢治も半ば諦めたか菊池に原稿を送り返すよう依頼した。菊池は賢治の意向を胸に、三重吉の家を再訪した。その折に三重吉は、賢治童話について、〈「君、おれは忠君愛国派だからな、あんな原稿はロシアにでも持っていくんだなあ」といった〉という。ことの真偽は定かではないが、確かなことは賢治童話が「赤い鳥」に掲載されなかったという事実である。こうした賢治と三重吉の接触と拒否の経緯を見る時、やはりその理由や事情を究明するには、先ず両者の童話観・児童観等を比較し検討する必要に迫られる。

鈴木三重吉が雑誌「赤い鳥」を創刊（大7・7）したのは、いわゆる大正デモクラシーの社会的環境下においてであり、また更には、教育界における子供の個性の発見を重視する、自由教育・文学教育・芸術教育の現場の動向を抜きには語れないであろう。いずれにしても「赤い鳥」は児童文学の世界に新しい風を送り、従来のお伽噺のカテゴリーを突き抜けた童話の世界を開示してみせる様相を呈していた。

　三重吉の童話観や児童観などを知る手がかりは、「赤い鳥」発刊に先立って各方面に配布した「童話と童謡を創作する最初の文学的運動」というプリント（以下「趣意文」という）や、それに基づき雑誌創刊以降毎号掲出した（内容は長い年月の中で若干の変更もあったが、その趣旨は同じ）「『赤い鳥』の標傍語《モットー》」[4]（以下「標傍語」とする）などによって、大方窺い知ることが出来る。そこにはまた三重吉の雑誌編集の方針や態度表明も述べられており、興味深いものである。

　またそれに対して賢治の童話観・児童観などは、周知のように『注文の多い料理店』の「序」（以下「序」とする）や、その刊行に際して作られた「広告ちらし（大）」[5]（以下「広告」とする）に述べられている。以下両者の考えの要点をおさえながら比較し検討を加える。

　三重吉は「赤い鳥」発刊について、当時の一流の作家に協力と賛同を得て、子供たちに〈芸術として真価のある純麗な童話と童謡を創作する、最初の運動〉と唱えている。それは当時の子供向けの雑誌が俗悪で下品で下卑ていて〈子どもの品性や趣味や文章なりに影響〉すると考えていたからで、真に子供のための〈立派な読物〉を提供すると、発刊の意気込みと自負を述べている（「趣意文」）。その「標傍語」では〈子供の真純〉を護り〈子供の純性を保全開発する〉とも明言している。

また「赤い鳥」を会員制にしているが、これも意図として良心的な雑誌にしようという三重吉の姿勢が窺えよう。

この三重吉の、〈子供の真純〉や〈子供の純性〉を護り、〈純麗な読み物〉を与えようとする考えは賢治の中にもあり、自己の童話が〈正しいもの、種子〉を持ち、それの〈美しい発芽〉を期待する読者を〈純真な心意の所有者たち〉（「広告」）であると述べており、これはまた「序」で言う〈これらのちひさなものがたり〉が〈あなたのすきとほつたほんたうのたべものになる〉に対応すると言える。

根本正義がいうように、〈子どもは天使である〉と同時に〈童心には階級がない〉という〈童心主義の思想のもとに、多くの教師という読者をかかえて生まれた〉（「鈴木三重吉の生涯」）のが「赤い鳥」であったろうが、しかし〈子供の真純〉をいい〈子供の純性を保全開発〉するとしながら、三重吉の童心主義は必ずしも子供の心性を無限に容認する方向に向かわず、むしろ自ら理想化した子供像を絶対視し、その信念に基づいて作品や児童に対したというのが大方の見方である。

これについて、堀尾は『年譜』の中で「赤い鳥」の童心主義の欠点を〈子どもの心を神聖化し絶対化したところに弱さがあり、社会的現実の中で子どもをとらえるという点に欠けていた〉と述べたが、それはそうではなく、恩田の言うようにあくまで〈成人の立場から童心を美化〉（「宮沢賢治の童話文学制作の基底」）した考えであり、社会的現実の中の子供にとらわれすぎたのが三重吉であったと考えるほうが妥当であろう。

一方賢治は「広告」で述べている通り、〈純真な心意〉に向けて童話を書き続け、それに留意している。恩田のいう〈教化性への配慮〉（同前掲論）があったにしても自己の童話が〈既成の疲れた宗教や、道徳の残澤《ママ》〉を排し、〈新しい、よりよい世界の構成材料を提供〉するものと言い、それは決して捏造されたユートピアでなく、作者の感得した驚異に満ちた未知の世界そのものを、そのまま子供の〈純真な心意〉に届けようとしたものである。さらにはその世界が〈偽りでも仮空《ママ》でも窃盗〉でもなく、驚異にみちた未知の世界を感得した時、作者の〈再度の内省と分析〉がそこにあったにしても、その通り心象中に現れたものであると述べている。

　これは「序」の、〈ほんたうにもう、どうしてもこんなことがあるやうでしかたないといふことを、わたくしはそのとほり書《か》いたまでです〉に対応するし、その結果〈なんのことだか、わけのわからないところもあるでせうが、そんなところは、わたくしにもまた、わけがわからないのです〉と言うのは、未知の世界との出会いの驚異を素直に認める柔軟として示されている。「広告」では、たとえ童話の世界が〈難解でも必ず心の深部に於いて万人の共通〉であって、不可解なのは結局〈卑怯な成人達〉だけだと述べて、〈純真な心意〉に配慮しその立場に立とうとする考えが述べられてもいる。

　賢治の童話が、果たして純粋に子供向けであったかとはよく言われることである。何より賢治は一般に考えられている児童＝読者とは異なる考えを表明している。「広告」の中で、自己の童話の対象が〈少年少女期の終り頃から、アドレッセンス中葉〉と読者層について触れている。青年期の半ばという点から、成人もそのカテゴリーに入るとするのが自然だが、かと言って賢治童話を成人のものと極論するのはその意図に叶うものではない。

この点について恩田は、賢治童話の制作の基底となる童話観を〈(1)形式としての童話〉〈(2)児童のための童話〉、さらに〈(3)万人のための童話〉の三つの傾向と指摘しながら、〈「万人」のための普遍的な文学として童話「形式」を採用し、彼の童話の真意を汲みとり得るものとして、「万人」の読者の中でもとくに「児童」性に期待している〉（同前掲論）と的確に述べている。

二

次に視点を「標傍語」に移し、三重吉が若い童話作家を育成する意図を持っていたことを見ておく。三重吉は当代一流の作家の協力を得るとともに〈若き子供のための創作家の出現〉を期待すると呼びかけている。しかし十全にその期待が達成されたとは言い難い。木内高音、坪田譲治、森三郎、あるいは後の新美南吉等の作家も、極論すれば三重吉の童話観・児童観を、創作の上で発揮してくれた人々という印象を禁じえない。

賢治が児童観について三重吉と重なるものを持ちながら、三重吉の言う〈若き子供のための創作家〉となり得なかったのは、一つはその世界が三重吉の童話観では凌駕できない多くのものを内包していたからであり、また児童観そのものも、本質的には三重吉の童心主義とは相容れないものであったと考えられる。

また三重吉は文壇に広く協力を求めたが、その賛同者といわれた人々（芥川龍之介、有島武郎、北原白秋等々）の作品にしても、それはその作家の成果であり多くの読者を獲得したが、必ずしも三重吉の童心主義を理解し応えたものとは言い難く一線を画すと見た方がいい。あえてそれらの作家を「赤い鳥」に引きつけていえば、三重吉のねらいであった〈純麗な読み物〉の典型としての意味合いが強く、必ずしも創作を促す要因とはならず、また三重吉の「赤い鳥」の別の目論見である文章の規範＝お手本としての意味合いの方が強いと思われる。

これと関連して「赤い鳥」の活動は、一方で「募集作文」を掲げそして「綴方指導」へと展開するように、会員としての教師層に支えられた作文指導に力点がおかれて行く。根本正義の言うように〈特に作文教育に力をそそぐつもりでいた〉（同前掲論）ということである。文壇の作家の作品を文章の典範とし、また自らの童心主義を童話制作上で実践する若い作家を擁し、さらに作文指導を推し進めるというのが、三重吉の方針であったと思われる。「趣意文」によれば、「募集作文」の具体的編集方針としては、〈人工的な文章〉を排し、子供の〈虚飾のない、真の意味で無邪気な純朴な文章〉の投稿を期待している。そしてまた〈空想で作つたものでなく、ただみたまま聞いたまま、考えたままを、素直に書いた文章〉がいいとも述べている。当然のことながらその姿勢は教育的配慮とその意図が濃厚で、創作や作家の育成を強く推し進める考えは薄い。

三

ここでさらに三重吉の童話の傾向や編集の方針を見てみたい。三重吉自身は創作童話を殆ど書いておらず、再話と称し外国の童話や小説を子供にふさわしく純化したり、簡明を心掛けて翻訳し、童心主義の理念に基づいて表現することを多く試みている。またその傾向も初期のメルヘンから、昭和初年代の時代背景もあろうが、徐々に都会の子供の日常生活に密着し、関英雄の言うように〈子どもの日常性リアリズム〉（「『赤い鳥』の童話」、「赤い鳥」復刻版、〈別冊Ⅰ〉所収。昭43・11、日本近代文学館）へと転換して行く。大正から昭和期の児童文学思潮を念頭におきながら、更に関は「赤い鳥」の第二期（大正十二―昭和四、五年頃）が〈「赤い鳥」を代表として市民権を得た童話童謡運動が次第に退潮に向かう過渡期〉（同前掲論）と述べている。賢治が最初に三重吉に接近した頃であり、そうした時代背景も両者の関係を考える上で考慮する必要があろう。むろん賢治にもそうした時代性を窺うことはできる。

三重吉が、童話の創作や作家の育成を十全に果たせなかった理由は他にもある。三重吉は「赤い鳥」を会員制にしているが、そうしたことで作品や作文指導を与えること、そしてそれに対する読者の反応という即時的成果を望まざるを得ず、また三重吉自身がややそれに振り回された感がある。ただそれは会員制による購買の低下を抑えるための三重吉の努力であり、水準を落とさないための編集方針でもあった。が信念に基づくとはいえ、作文指導を始めとする精力的な読者への対応の実態は、そのことを明確にしているように思われてならない。そうした編集姿勢・方針は、結果的に作文指導→綴方指導を重視することに意がそそがれ、結果として充分に創作や作家の育成に力を傾けることのできない経過を辿ることになるのである。

四

賢治は、昭和六年（三重吉が「赤い鳥」を復刊した年）にも童話を他人に託して、雑誌掲載を仰いでいる。これについて、大藤幹夫は「日本児童文学問題史」の中で触れている。詳細はそれに譲るとして接触の経緯は、以下次のようである。

賢治が深沢省三の家を尋ね、菊池を介して三重吉に紹介してもらおうとした。深沢紅子（省三夫人）が、二度「赤い鳥」社へ賢治の童話原稿を持参した。大藤は紅子の証言（昭和五十五年三月二十六日に、紅子を訪問し聞き書きしている）として、〈三重吉は「モンゴルやトルコのことばも知っているんだね」と感心した〉という。菊池ともども〈「話がおもしろい」と認め〉、さらに〈文壇作家や依頼原稿を読み続けていた三重吉にとって賢治の童話は大変新鮮なものとうつったらしい。「若い人であれぐらい書ける人はいない」とほめた〉らしく、深沢省三を呼びつけて〈「賢治の作品を読んだが、どんな人か」（略）「どこでこんなことばをみつけてくるのだろうか調べている」〉といいながら、標準語至上主義の三重吉は、〈「方言が多いので使おうと思わない」が、丁寧な手紙をつけて原稿を返送するように頼まれた〉ということである。この時もまた原稿掲載は見送られたのである。

こうして賢治と三重吉の交渉を辿って見ると、表現上に両者の児童への共通性を見出せても、本質的には童話観・児童観共に全くといっていいほどに乖離していると言わざるを得ない。童話の傾向・編集方針が、メルヘンから子供の日常性リアリズムへ、また創作もさることながらより作文指導へと力点を移した三重吉には、壮大な構想を内包した賢治童話を理解する力量はなかった。また少なかったとは言え、賢治童話はその当初から新聞・雑誌等を通して、むしろ文壇・詩壇の人々に注目される傾向があったことは事実である。むろんその人々もどれだけその童話を理解し得たか、充分検討するに意義ある課題だが、紙幅も尽きた。

おわりに

その是非はともかく、童心主義を標傍し童話壇に君臨した三重吉は、その信念を頑迷なまで貫き通したことは確かである。また賢治も、「赤い鳥」の童話界にはついに無縁であったが、壮大な童話世界を孤高の精神で構築し続けたという点で、三重吉とは異なる信念を貫いたと言えるであろう。

注

（1）「雨ニモマケズ手帳」に、〈高知尾師ノ奨メニヨリ／法華文学ノ創作〉（【新】校本全集第十三巻（上）覚書・手帳、563頁参照）とある。

（2）ここで使用した「赤い鳥」は「参考文献」にも掲げた日本近代文学館刊行の復刻版（一～三回、昭43・11～44・3）に依る。

（3）三重吉が広告掲載に激怒したことを、原稿執筆時に筆者は未確認だった。またその様子を伝える、森三郎の「戻り橋　鈴木三重吉研究㈤」（「新文明」九巻二号、昭34・3）も未見であった。ただ広告掲載とその後の対応の不協和に、執筆当時いささか奇妙な印象（違和感）を持っていた筆者は今回その疑念を晴らそうと、大阪教育大学名誉教授の大藤幹夫（日本児童文学研究者）の示唆を受け、そのことに詳しい西田良子（日本児童文学研究者）にお伺いした。

　そのお話の大筋は以下のようなものであった。三重吉は「赤い鳥」の編集の大事なことは自分で決めていたが、当時、持病のこともあってそれ以外は他の編集人に任せていた。賢治の童話広告についての責任者は木内高音で、結果、三重吉の勘気に触れたのである。事の次第を見聞した（叱責の現場に居合わせた）森三郎に直接聞いた話として、西田は筆者に披瀝して下さった。大藤・西田両者に、記して感謝する。以上の経緯から〈三重吉の好意〉云々と言う文脈で書いていた前稿を、大幅に修正していることをお断りしておく。

　なおこの間の経緯についての他の文献として、桑原三郎『「赤い鳥」の時代―大正の児童文学―』（昭50・10、慶応通信）がある。また、【新】校本全集第十六巻（下）補遺・資料・年譜篇、大正十四年一月の条の、下段の〈注記〉（285～286頁）を参照。

（4）「標榜語」（「赤い鳥」第一号掲載）の全文は、次の通りである。

「赤い鳥」の標榜語《モツトー》

○現在世間に流行してゐる子供の読物の最も多くは、その俗悪な表紙が多面的に象徴してゐる如く、種々の意味に於て、いかにも下劣極まるものである。こんなものが子供の真純を侵害しつゝあるといふことは、単に思考するだけでも怖ろしい。

○西洋人と違つて、われ〳〵日本人は、哀れにも殆未だ嘗て、子供のために純麗な読み物を授ける、真の芸術家の存在を誇り得た例がない。

○「赤い鳥」は世俗的な下卑た子供の読みものを排除して、子供の純性を保全開発するために、現代第一流の芸術家の真摯なる努力を集め、兼て、若き子供のための創作家の出現を迎ふる、一大区画的運動の先駆である。

○「赤い鳥」は、只単に、話材の純清を誇らんとするのみならず全誌面の表現そのものに於て、子供の文章の手本を授けんとする。

○今の子供の作文を見よ。少くとも子供の作文の選択さるゝ標準を見よ。子供も大人も、甚だしく、現今の下等なる新聞雑誌記事の表現に毒されてゐる。「赤い鳥」誌上鈴木三重吉選出の「募集作文」は、すべての子供と、子供の教養を引き受けてゐる人々と、その他のすべての国民とに向つて真個の作文の活例を教へる機関である。

○「赤い鳥」の運動に賛同せる作家は、泉鏡花、小山内薫、徳田秋声、高浜虚子、野上豊一郎、野上弥生子、小宮豊隆、有島生馬、芥川龍之介、北原白秋、島崎藤村、森森《ママ》太郎、森田草平、鈴木三重吉其他十数名、現代の名作家の全部を網羅してゐる。

（引用の字体は新字体、仮名遣いはそのままとした。）

（5）『注文の多い料理店』の「広告ちらし（大）」の内、本節に関連する部分は、次の通りである。

（前略）

この童話集の一列は実に作者の心象スケッチの一部である。それは少年少女期の終り頃から、アドレッセンス中葉に対する一つの文学としての形式をとつてゐる。

この見地からその特色を教へるならば次の諸点に帰する。

〔一〕これは正しいもの、種子を有し、その美しい発芽を持つものである。而も決して既成の疲れた宗教や、道徳の残澤《ママ》（「滓」の誤植）を色あせた仮面によつて純真な心意の所有者たちに欺き与へんとするものではない。

〔二〕これは新しい、よりよい世界の構成材料を提供しやうとはする。けれどもそれは全く、作者に未知な絶えざる警《ママ》（「驚」の誤植）異に値する世界自身の発展であつて決して畸形に涅《ママ》（「捏」の誤植）ねあげられた煤色のユートピアではない。

〔三〕これらは決して偽りでも仮空《ママ》でも窃盗でもない。

多少の再度の内省と分折《ママ》（「析」の誤植）とはあつても、たしかにこの通りその時心象の中に現はれたものである。故にそれは、どんなに馬鹿げてゐても、難解でも必ず心の深部に於て万人の共通である。卑怯な成人たちに畢竟不可解な丈である。

〔四〕これは田園の新鮮な産物である。われらは田園の風と光の中からつやゝかな果実や、青い蔬菜を《ママ》（「と」の誤植か）一緒にこれからの心象スケッチを世間に提供するものである。

（後略）

なお、詳細は【新】校本全集第十二巻「校異篇」（10頁下段～11頁上段）参照。

〔参考文献〕

・恩田逸夫「教養環境としての当時の文芸思潮」（原子朗・小沢俊郎編『宮沢賢治論3　童話研究他』昭56・10、東京書籍）
・堀尾青史『年譜　宮沢賢治伝』（昭41・3、図書新聞社）
・続橋達雄『宮沢賢治・童話の世界』（昭44・10、桜楓社）
・根本正義『鈴木三重吉と「赤い鳥」』（昭48・1、鳩の森書房）
・大藤幹夫「日本児童文学問題史」（『日本児童文学史論』昭56・9、くろしお出版）
・復刻版「赤い鳥」一～三回（昭43・11～44・3、日本近代文学館）

〔付記〕　原稿の執筆にあたっては校本全集に依ったが、本書に収録するにあたっては、【新】校本全集を底本とした。ただし、誤植は正字にしたが一部そのままとした。

第三節　〈心象スケッチ〉のはじまり並びに補説

―信仰の退行と文学の始動―

はじめに

宮沢賢治の作品創造にとって、〈心象スケッチ〉が重要なことは言うまでもないことだが、そのはじまりについて以下確認しておきたい。

賢治が通常詩（集）と言うものを、心象スケッチ（集）と呼称したことは知られている。『春と修羅』（第一集）[1]を心象スケッチ集というのは、その典型的な例である。またこれも公刊した唯一のイーハトーヴ童話集『注文の多い料理店』（大13・12、杜陵出版部・東京光原社）についても、童話の一編一編が〈作者の心象スケッチの一部〉と言い、〈田園の新鮮な産物〉として公に提供する〈心象スケッチ〉（童話刊行に際して作られた、賢治の案文と見られる「広告ちらし（大）[2]」）と述べているが、賢治にとって詩も童話も心象スケッチの所産と見ることができる。

本節ではこの〈心象スケッチ〉を、詩や童話にとっての手法・方法であり、また作品そのものでもあるという観点に立って考え、また詩を中心にしながらそれはどのようにして始まったのかを明らかにしてみたい。

一

『春と修羅』（第一集）の成立事情や、詩としての〈心象スケッチ〉の内実や意図については、よく引かれる森佐一（後、荘已池）宛書簡（書簡番号200、大正十四年二月九日付、封書）[3]に、その一端を求めることができる。

前に私の自費で出した「春と修羅」も、亦それからあと只今まで書き付けてあるものも、これらはみんな到底詩ではありません。私がこれから、何とかして完成したいと思って居ります、或る心理学的な仕事の仕度に、正当な勉強の許されない間、境遇の許す限り、機会のある度毎に、いろいろな条件の下で書き取って置く、ほんの粗硬《ママ》な心象のスケッチでしかありません。私のあの無謀な「春と修羅」に於て、序文の考えを主張し、歴史や宗教の位置を全く変換しやうと企画し、それを基骨《ママ》としたさまざまの生活を発表して、誰かに見て貰ひたいと、愚かにも考へたのです。（略）出版社はその体裁からバックに詩集と書きました。私はびくびくものでした。亦恥かしかったためにブロンヅの粉で、その二字をごまかして消したのが沢山あります。（略）私はとても文芸だなんといふことはできません。云々と述べ、さらに自分のいうことは〈皮肉〉ではなく事実であると述べている。この『春と修羅』〈第一集〉および〈心象スケッチ〉に対する自己評価を、直截にそうと認めることはできないにしても、といってここに書かれている謙譲や裏返しの自負を、いくら忖度してもさほど意味があるとも思えない。

ここではまず、賢治のいわんとすることを整理して、その上で筆者の考えを述べておこうと思う。賢治は①概念規定として〈心象スケッチ〉は、決して詩ではないと立言し、それは②自分が将来完成したいと考えている、〈或る心理学的な仕事〉のためという目的を述べ、しかし今の時点では、〈仕度〉＝準備にとどまるものでしかないと述べている。また序文の考え〈主張〉によって、③従来の〈歴史や宗教の位置を全く変換〉しようとする意図が述べられている。さらに〈心象スケッチ〉によって描いたものは、③を基底とした④諸条件下での自分の生活様態であると述べている。①の立言については、従来からさまざまに言及されてきた。謙遜か自負かということに関するもので、確かに抄出した書簡の末尾で〈文芸〉ではないとしていることから、謙譲と取れなくもないし、同時に〈心象スケッチ〉を公的にすることで、従来の詩の概念を転換しようとの自負とも取れなくもない。

いずれにしても、そこに求められるのは、賢治の詩壇に対する意識ということになろう。この書簡を引用して、〈序文で主張するような意欲的な作品によって、詩壇に正風を吹きこもうとした意図〉[4]によるとする恩田逸夫の説は、そうした意識を認める一例である。賢治が詩壇を全く無視していたとは考えにくいが、あえていえば、当時の賢治にとってそれが全てではなかったということである。

　注意したいのは、賢治がここで〈心象スケッチ〉を詩ではないとしたのは、詩壇を意識した際の、その詩の概念に対してだけであったかということである。この場合の詩はむしろ、自らの内にある詩の概念として、しかもそれ＝〈心象スケッチ〉との差異による判断や自覚が、先の立言を用意したのではなかったかと考えるのである。それというのも、賢治には文芸＝宗教という考えがあって(5)、今それと関連させるなら、宗教と等価の文芸＝詩という意味で、〈心象スケッチ〉を位置づけてはいなかったということである。

　しかもそうした自覚は、目的としての自分が将来完成したいと考えている、②〈或る心理学的な仕事〉に対しても働いていると考えられる。つまり〈心象スケッチ〉はその仕事と等価であるとせず、そのための〈仕度〉＝準備であるにすぎないと位置づけている点に、それを求めることができると考えるのである。また③についても同じことがいえる。現在の歴史や宗教の交換という意図は、その否定と繋がるが、これも自らの内なる歴史（観）や宗教（観）の提示によって、おのずから可能となるという考えに基づくものである。しかしそれはあくまで〈企画〉＝意図であって、達成したという確信はなかったのである。つまり、そうした意図を序文や具体的な作品に込めながらも、いまだ達成したものでなかった自覚ゆえに、〈心象スケッチ〉は、歴史や宗教と等価の文芸＝詩ではないという判断があったと考えるのである。

　さて④は諸条件下での、さまざまな角度から捉えた自己の生活（意識）の様態という、〈心象スケッチ〉の内実である。いうまでもなくその具体的なものは個々の作品に求める以外ないのだが、賢治はそこで人事も自然も対象化しようとし、それを②の目的のための準備と考え、さらに③の意図をそこに込めたというのである。してみると、〈心象スケッチ〉なるものは、④を媒介とすることによって、②の目的のための準備であり、③の意図の内実を明らかにしようとしたという、自己に対するきわめて厳格な、しかも意欲的な実験的試みであったといえるであろう。ただあえて付言すれば、この考えは後年のものであって、作品が書き出される大正十一年まで遡って、それが果たして賢治の作品営為に全て認められるかどうか、問題は残ると言わなければならない。いずれにしても、そのことは作品（の分析）によって確かめるしかないであろう。

二

ところで、そうした〈心象スケッチ〉の内実や意図は、どのような背景があって招来したのか、明らかにしておく必要がある。初版本『春と修羅』（第一集）を見ると、年次順に作品を並べて構成しており、その書き出しは周知のように、大正十一年一月である。(6)（但しその制作年月日がそのままその通りと言えるかは疑問である。が、本節はそのことを明らかにすることが目的ではないので、ここではその通りとして論を展開する。）

すでに触れた森宛書簡で述べているように、漠然としてではあるが、ある心理学的仕事の準備として始めたのが〈心象のスケッチ〉だとしているから、その歩みのはじまりが、大正十一年一月からの、詩作（やがて『春と修羅』に収められる詩）であったことは疑いがない。ではこのはじまりの大正十一年一月は、賢治にとってどのような年であったのか、その前後を概観しておきたい。特に考慮すべきは前年の大正十年であり、この年は賢治の生涯の中でも特筆すべき事象（事件）があった年である。それは一月に突然出郷し七ケ月後に帰郷しているのだが、この間の動向は信仰を主としながら、実は文学創造に不可欠なものを内包している。

大正十年一月の出郷はよく知られている。それは突然のようにも思われるが、前年から上京したい意向をもっており、それを友人保阪嘉内に伝えていたことでも分かる。（書簡167、168、172）その理由はいくつか求めることができる。その一つは、大正七年以来の父母の改宗―法華経への帰依を迫るためであった。

また、賢治が家業（質古着商）を嫌ったことも知られているが、以前からの切実な問題として賢治にあった、望む職業につきたいという願いとも関連する。出郷直前、保阪に〈学術的な出版物の校正とか云ふ様な事〉（書簡180、［一月中旬］、封書）と、仕事の斡旋を依頼している。そのことと直接には関わらないが、上京後印刷所に校正係として入っている。問題はその職種でなく、自立（自活）のために一つの職業が必要であったということである。しかもその仕事を続けながら、同時に自分の望む勉強もしたいというのが、その本意であったらしいことは留意すべき点であろう。父の元ではそれが叶わないと考えたゆえに、そうした挙動に出たというのが二つ目の理由であった。

また、父母の改宗と関連して、その信仰の側から捉えることもできる。前年賢治は国柱会の信行部に入会し、日蓮聖人に対する帰依と田中智学への絶対服従を誓い、それを保阪に書き送っている（書簡177）。またその手紙の中で、田中智学の命令ならば、たとえシベリヤでも中国（原文＝支那）でも行くとほのめかし、また国柱会の下足番をも辞さないとまで述べている。このように信仰心の具現＝国柱会での実践活動の願望も、その理由の一つに挙げられるだろう。

いずれにしても、それらは家からの自立によって初めて可能となると考えたからであった。しかしそれはことごとく挫折したのである。そうした挫折の中で、唯一救いであったのは、周知のように、国柱会の高知尾智耀の、文芸による信仰心の発現という示唆である。前にも触れたが〈芸術＝宗教〉（書簡195、大正十・七・十三、関徳弥宛）という考えは、その端的な表われだが、それを萱谷規矩夫が、賢治の〈自己解釈〉[7]と述べているように、智耀のその言葉に託した意図と賢治の受け取り方は、全く相を異にするものであったといわざるを得ない。

智耀の側からすれば当然ながら、文芸によって大乗仏教の普及に努めよという言葉は、血気に逸る若者を日蓮主義集団＝智学の国柱会に繋ぎ止める意味以外ではなかった。もっとも、それほど意識的に諭したとは思えないふしが、後年の智耀の回想から分かる[8]。突然訪れて使ってくれという者が、当時の国柱会には多かったらしく、賢治もどうやらその一人と見做されたらしいのである。智耀はそうした場合、いつもの通り生業の中で信仰を生かすようにと、師智学の教示を伝えたにすぎなかったのである。

ところが賢治はそれを真摯に受け止めたのである。前述の〈芸術＝宗教〉の考え方や、後年〈高知尾師ノ奨メニヨリ／法華文学ノ創作〉（「雨ニモマケズ手帳」）を志したと書くに至るところに、それが表われている。たしかに国柱会へのかかわりは後年にまで及んでいるけれども、しかしそれは形の上であって、必ずしも帰依ということを意味するとは考えられない。むしろ信仰心の面から捉えれば、国柱会からの退行という挫折を契機として、宗派を越えたところの自ら信ずる信仰へと、賢治を向かわしめることになったといえるであろう。

　こうした賢治の内的・外的経緯を、菅谷規矩雄は次のように捉えている。菅谷はまず〈法華経＝日蓮＝国体……と展開する智学ひいては国柱会の論理は、賢治にとっては違和をもたらすいがいではなかった〉と述べ、そこに〈信仰の危機〉（傍丸＝原文）を指摘する。それは国柱会という運動体に対する懐疑、その教義と実践との乖離を、例えば賢治は、街頭布教の活動などを通して、内的な危機と受け止めたということであろう。

　また菅谷は、〈国柱会を批判するかわりに、のちに羅須地人協会による実践を無言のアンチテーゼとした〉とも述べ、賢治の信仰の有様を問いその実践を対象化している。さらに〈智学の日蓮主義からはなれてしかもじぶんの信仰（法華経）を救出するためには、いわば後退がすなわち飛躍となるような屈折した方法がひつようであった〉（傍丸＝原文）[9]とも述べている。

おわりに

菅谷の前述の指摘は、賢治の軌跡を結果から意味づけたということに他ならなく、その意味では的確といえるだろうが、当時の賢治に全てそれらが自覚的であったとも思えない。それはともかく、氏は続けて国柱会での運動を離れて〈分裂した自己を明視するために、自然の内なる自己に自己を没入するという方法〉として〈心象スケッチ〉を捉えている。このように捉えるなら、大正十年の賢治の、その信仰や生活上の挫折の所産として、〈心象スケッチ〉は位置づけられる。が、むろんその時点で、前述した〈或る心理学的な仕事〉の準備とか、歴史や宗教の変換という意図があったとは考えにくい。

ただこの間の賢治の動向を振り返ると、国柱会は信者であってもぽっと出の若者を受け入れることはなく、また賢治自身にとっても信仰を第一義と受け止められるものを、決して国柱会は与えてくれることはなかった。出郷前の〈主〉であった信仰は、在京時に意に反して文学創作（主に童話創り）に取って代わられ〈従〉となり、帰郷後には、専ら自らの内においてのみ問い直されることとなる。この信仰と文学との関係について言えることは、たとえそれが大乗仏教布教の形を取っていたにしても、その具現化としての文学創造が、やがて賢治にとっての〈主〉としての位置を占めることを意味していた。

注

（1）賢治は後年、計画だけで公刊に及ばなかったが、『春と修羅　第二集』、『春と修羅　第三集』として作品を集成している。それに対して大正十三年刊のこれには第一集とはないが、今日二・三集に倣ってそう呼称しているように、ここでも—カッコをつけ—『春と修羅』（第一集）とする。
（2）「広告ちらし（大）」。校本全集第十一巻参照。
（3）この番号は校本の書簡番号で、以下書簡に付す番号はすべてこれに依る。
（4）「補注一」（日本近代文学大系36『高村光太郎　宮澤賢治集』昭46・6、角川書店）447頁。
（5）関徳弥宛書簡（大正十三年七月十三日付）の中で、賢治は〈これからの宗教は芸術です。これからの芸術は宗教です。（書簡195）〉と述べている。この〈芸術〉は広義に使われていると思われるが、ここではあえて言語芸術の意と解し文芸と置き換えた。時期的にみても、冒頭に掲げた森宛書簡での、文芸や詩や心象のスケッチの考えの根底に、この自覚があったと充分考えられる。
（6）校本全集第二巻〈詩Ⅰ〉の本文・校異参照。
（7）『詩的リズム—音数律に関するノート』（昭50・6、大和書房）228頁。
（8）「宮沢賢治の思い出」（『真世界』昭43・9）
（9）前掲注（7）書228〜229頁。

［付記］　本節は校本全集第二巻〈詩Ⅰ〉に依った。

［補説］　賢治が手法・方法としての〈心象スケッチ〉の内実を、一切明らかにしていないことは本節

中で述べたが、今日までの研究の上で諸家がどのように言及し捉えているかを、主なものだけ以下参考までに披瀝し検討して見る。

賢治の〈心象スケッチ〉は、本節で触れたように手法としては、対象把握（認識）の仕方、換言すれば表現のための手段としての詩的方法であり、また、そうした方法によって表現された作品そのものでもある。さらに前者についていえば、賢治の人事や自然にかかれる対他の意識と、自己の内なるもの──対自の意識との関係から生み出されたものである。従って個々の作品を媒介にする限り、その内実が多様（義）性を示すのは当然であり、たんなる歩みと同時進行の記録であるとか、自然（あるいは人事、または自己）の心象の記録であるというのは、一面的な指摘といわざるを得ない。

また手法・方法としての〈心象スケッチ〉は、詩のみならず童話においても同様であるとする賢治の考えが、先に掲げた「広告ちらし（大）」に明らかだが、ここでは詩に限定しさらにその手法・方法とはいかなるものか、考えてみたい。

最も身近にいた弟宮沢清六は、次のように述べている。

兄の書いた詩は、作曲家が音譜でやるように言葉によってそれをやり、奥にひそむものを交響的に現わし度いと思ったのであろう。そのためにいつも兄は手帳を持っていて、野山でも汽車の中でも暗がりでも病床でも、死ぬまで自分の考えを忘れないうちにスケッチした。(1)

ここにはいかにも身近に接した肉親の眼がある。〈交響的〉とは示唆的であり、また、〈心象スケッチ〉の記録の状況というものが、どういったものであったかが描かれているが、やはり状況の説明を越えるものではなく、その内実にはほとんど触れていないといっていい。

伊藤信吉は、〈心象スケッチ〉を一般論として考えるなら、〈自分の心象の世界の表現〉であったり、〈自分の認識や内面の世界に浮きあがるイメージや、それらの心象の詩的展開〉となるであろうとしながら、さらに賢治の作品に即して次のように指摘する。

同時に自分をとりまく現象と、それに反応する作者の生活意識との交感であり、融合であり、また別には宮沢賢治にとっての詩的方法でもある。(2)

大変示唆に富む指摘で、賢治を〈取りまく現象〉と彼の〈生活意識〉との〈交感〉や〈融合〉であるという点は、〈心象スケッチ〉の内実を、状況的に捉え得ているといえる。そしてその点を認めてさらに補足すれば、そうした内実を読むには、固定した（された）イメージを読むだけでなく、また表現上の特質を指摘するだけでなく、作者の意図や意識を作品の背後に探るということを意味するということである。

山本太郎は、いかにも詩人らしく（とあえていうしかないのだが）、きわめて直観的に捉え、その方法を〈「永遠」といわれるもの〉を〈刹那の相に感得し、定着する〉ものとし、そこに注入したのが〈魂の豊饒〉であったとして、それゆえに従来の抒情詩に対して〈勝利の記録〉であり得たと指摘している。(3) また別の所では次のようにもいう。

賢治の心象スケッチは、だから賢治の感じたあるがままの現実であり、決して詩的空想でも、誇張された恣意により変更されたイメージの世界でもなかった。／空想に淫する詩人の病癖は、賢治と全く無縁のものである事を、はっきり指摘しておきたい。(4)

ここで山本がいわんとすることは、作品に描かれたものが、どんなに奇抜であり幻想に満ちていようと、そうしたものを喚起する人事や自然と賢治は一体化し、その生活意識そのものから生み出すものであるから、それは〈あるがままの現実〉と呼ぶ以外ないのだ、ということであろう。とはいえ、〈心象スケッチ〉が、賢治にとっても、また山本にとっても、そうした〈あるがままの現実〉であったにしても、それが自明のこととして、読む者の前に開かれているわけでもない。その自在の異界を感得するために、多くの言葉を労せざるを得ないのも実情である。

栗谷川虹が、山本の見解を受けながら従来の評価に対して、〈「可視的付号」の様々な解説の混乱に陥っている〉(5)と、いみじくも指摘したのは、自在の世界を解き明かそうと多くの言葉を費やして、ついには特異な・特殊なものにしてしまう、そのジレンマをよく言い当てている。それにしても、賢治の〈心象スケッチ〉の難解さは、山本の言う〈あるがままの現実〉の内包するものであり、それはまた栗谷川が前掲文に続けて述べるところの、〈未知なるもの〉の〈単純さ〉にあるといわざるを得ないものかも知れない。

また宇佐見英治は次のように指摘する。

賢治はその詩や童話を「心象スケッチ」とよんだが、心象とはいったい何だろうか。イメージではない。イメージは対象的な相関物をもち、本来静止的なものだから。心象という語の通有観念はともかく、賢治がこの語にふくませた意味はむしろ心の現象、心の活動、一層単的には意識の明滅であったと思われる。(6)

〈心象スケッチ〉を、動的に捉えねばならぬとするこの指摘は、その詩的方法に賢治の意識を照らした的確なものといっていいだろう。宇佐見の指摘するように、〈心象スケッチ〉は、賢治の〈意識の明滅〉といったような、固定したイメージの表現としては捉えにくい、多くのものを包括しているからに他ならない。

読む者の前にあるのは〈心象スケッチ〉＝表現である。そしてそれを読むということは、その背後に賢治の意識とそれを支える認識を読むということに他ならないようである。

注

（1）「兄とレコード」（『四次元』57、昭30・1）
（2）「作品鑑賞」（近代文学鑑賞講座16『高村光太郎　宮澤賢治』昭44・3、8版、角川書店）231頁。
（3）「『春と修羅』の序をめぐって」（『宮澤賢治研究』昭33・8、筑摩書房）
（4）「詩人・宮澤賢治」（『宮澤賢治研究』昭44・8、筑摩書房）
（5）『気圏オペラ　宮澤賢治「春と修羅」の成立』（昭51・7、双人社書店）21頁。
（6）「童話と心象スケッチ」（前掲注（2）の『講座』所収328頁）なお宇佐見が、〈彼の詩は詩的ではあるが詩ではなく、（中略）私はここで「的」という語に最も本質的なものを意味させているので、いいかえれば、彼の書いたものはどんな詩よりも詩的なものだといえる〉と、後述していることを付け加えておく。

［注記］　本節は、元々「『春と修羅』（第一集）の分析（第一報）―第一章「春と修羅」(1)―」（「大阪教育大学紀要」第Ⅰ部門　第29巻　第2・3号、昭55・12）の中に含まれていたものだが、本書の章立て節立ての構成の都合から、独立させ一章とした。なお、手法・方法としての〈心象スケッチ〉に関する先行研究の検討も、「補説」として別立てにした。

第二章　詩論

第一節　「屈折率」

―詩のはじまりと惑い―

はじめに

宮沢賢治は大正十年一月に、主には信仰上の理由から前年から計画していた行動に出て出郷し、信行員であった国柱会（純正日蓮主義を標榜する新興宗教団体）での細々とした実践活動をしながら、会の高知尾智耀の勧めもあって、専らは大乗仏教布教のための文筆活動（主に童話創作）を続けていた。四月に、嫡子のその後を気づかった父が上京し、連れ立って関西旅行もするが、それでも帰郷を拒み続けた賢治のもとに、妹とし子の病再発の報が届き急遽八月に帰郷する。再度の上京を心に秘めながら、妹の病のその後を見守り続けることになるのだが、その年の十二月に郡立稗貫農学校の教諭になっている。後年、〈この四ヶ年はわたくしにとって／じつに愉快な明るいものでありました〉（『春と修羅　第二集』の「序」[1]）と書き記すことになる、学校生活の始まりである。

しかし農学校奉職は郡長や校長の懇願によるものであり宮沢家も歓迎するものであったが、賢治自身は必ずしも自ら天職として選んだ結果ではなかったように思われる。ただ帰郷後の賢治にとって、妹のその後、国柱会からの退行後の自らの信仰のあり方、生き方の問い直しや方向付け、さらには在京時に本格化した創作活動の続行など諸課題を前にして、何より時間とそれを保証するもの（仕事）を必要としたことは確かである。その意味で農学校奉職は、当時の賢治の望むべき最良のものであったとも言いうる。

職に就いたばかりのこの年の十二月と翌十一年の一月に、童話を雑誌に発表し[2]以後も童話や詩の創作を精力的に持続するが、この姿勢は当時の賢治の混沌とした内面生活の志向を端的に表している。とはいえ創作の真の目的はむろんのこと、信仰や自己の将来といった肝心の問題についても、宮沢家や父に対して賢治は沈黙を守り続けるのである。

そして始まったばかりの詩作も、前途への不安や危惧感を内包する形のものであったことは言うまでもない。

一

『春と修羅』（第一集）の「第一章」は、すでに述べたように心象スケッチ集と同題の「春と修羅」で、作品十九篇によって構成しているが、最初にかかげた作品は「屈折率」である。

七つ森のこつちのひとつが

水の中よりもつと明るく
そしてたいへん巨きいのに
わたくしはでこぼこ凍つたみちをふみ
このでこぼこの雪をふみ
向ふの縮れた亜鉛《あえん》の雲へ
陰気な郵便脚夫《きやくふ》のやうに
（またアラツディン　洋燈《ラムプ》とり）
急がなければならないのか[3]

この作品は、（一九二二、一、六）の日付をもつ。このことは収録作品全体についていえることだが、賢治の印した日付が、執筆時のものなのか、後に清書した際のものなのか、また構想時のものなのか、判然としない場合が多い。ここでは、一九二二（大正十一年一月六日〈金〉）の、賢治の体験に基づくものという前提で考察をすすめる[4]。

校本全集（以下校本とする）によれば、この作品には数度にわたって推敲が施されている。具体的には、今日残存が確認されている初版本の、それへの賢治の自筆手入れのある何冊かのうち、宮沢家所蔵のものでは、八行目に縦線を付し、また抹消を意味すると思われる斜線を全体に付している。また菊池暁輝所蔵本では、九行目の末尾が〈……ならないですか〉と推敲していることが確かめられている。(5) 推敲については、以下考察の中で触れ得る限り検討する。

二

さてこの作品で気付くことは、なにより奇妙な明るさ、または暗さによって、描かれたもの―それが自然であれ、人事であれ―全体がすっぽり被われているということである。まず冒頭三行は、現実の光景を賢治の心象を通して描いた風景である。そこでは〈七つ森〉と呼ばれる森のひとつが、奇妙な・不可思議な明るさ・巨大さとしてイメージ化されている。そして〈こつち〉は、後の〈向ふ〉と対応させて捉えている。しかも対応する空間（此岸と彼岸）はまた、時間（現在と未来）に転換する構造をもっている。冒頭三行と六行目の、時空の関係を仔細に求めれば、〈明るく〉に〈亜鉛〉が、〈巨きい〉に〈縮れた〉が、さらに〈七つ森〉の〈ひとつ〉に〈雲〉が、それぞれ対応しているのである。つまりここでいえることは、此岸と彼岸（現在と未来）という時空の対応構造を軸として、明と暗、巨大と卑小とが対照的に捉えられているということである。

さてそうした時空の構造上に、〈七つ森〉の〈ひとつ〉という自然が、そして〈わたくし〉にまつわる人事が、賢治によって対象化されているのだが、ここで留意しておきたいことは、三行目末尾の〈のに〉を中心とした前後の詩想の孕む問題である。というのは、冒頭三行の明るさや巨大さという、此岸（現在）の対自然のイメージが、実は〈わたくし〉には無縁でしかないということ、つまり現在時において、賢治には対自として自己の暗い卑小な〈わたくし〉の姿があるのであり、そうした意識があるから、また自然の光景が奇妙な・不可思議な明るさ・巨大さとして捉えられているのである。この対自然のイメージは、いってみれば賢治の内面の反映ではなく反転である。

ところで三行目末尾の〈のに〉に関連して、天沢退二郎は、後に書かれる「雲とはんのき」（第八章「風景とオルゴール」収録）に触れたなかで、まずこの作品が「屈折率」に対応する〈一種のヴァリアション、書き換え詩篇にあたる〉と述べ、さらに〈詩集起稿作としての「屈折率」の構造のいわばかなめにあったあの《のに》を、同じようにこうして引き継いで用いたあと〉、「屈折率」とこの作品の終行を対応させていると指摘している(6)。この指摘は前述した内面の反映・反転の問題とも、深くかかわってくると考えられるが、ともかく参考までに「雲とはんのき」の終末部を抄出してみる。

こんなにそらがくもつて来て
山も大へん尖つて青くくらくなり
豆畑だつてほんたうにかなしいのに
わづかにその山稜と雲との間には
あやしい光の微塵にみちた
幻惑の天がのぞき
またそのなかにはかがやきまばゆい積雲の一列が

こころも遠くならんでゐる
これら葬送行進曲の層雲の底
鳥もわたらない清澄《せいたう》な空間を
わたくしはたつたひとり
つぎからつぎと冷たいあやしい幻想を抱きながら
一挺のかなづちを持つて
南の方へ石灰岩のいい層を
さがしに行かなければなりません

みてのとおり、「雲とはんのき」の〈のに〉の前の部分は、外界と賢治〈わたくし〉の内面とが一体化した、暗い心象風景である。それに比し〈のに〉の導くものは、空はくらくくもってはいるが、〈山稜と雲との間〉に見出されるわずかを空間に、〈積雲の一列〉がまばゆくかがやいて並んでいる明るい外界の光景なのである。しかも空や山や豆畑が暗く悲しいものであっただけに、わずかにのぞく空間とその光景は、明るい〈幻惑の天〉以外ではなかったということである。

この〈のに〉の例を他の作品にみてみる。「カーバイト倉庫」では、まちの灯と思って急ぎ山峡から出て来た〈のに〉、意外にもそれは倉庫の軒にぶら下がっている電燈だったというものであるし、また「春と修羅」では、〈天山の雪の稜さへひかるのに〉という外界の明るい眺望に対して、〈まことのことば〉が失われていることを痛感し、はぎしりし自憤する修羅としての〈おれ〉の暗い内面が描かれている。こうしてみると〈のに〉は、自明ながらいずれも相反する事柄を前後にもつのである。この〈のに〉は「屈折率」においては終行までを、そして「雲とはんのき」では〈こころも遠くならんでゐる〉までを導くとする限り、その語法に見合うのである。

　ところが天沢の指摘はそうではなく、すでに述べたとおり「雲とはんのき」の〈のに〉は、「屈折率」のそれを同じように引き継ぎ、しかも終行を対応させているというものであった。ということは、天沢の〈のに〉に対するこの指摘を前提とし、さらにその語法をかかわらせるなら、〈のに〉の受ける前半の暗に対して当然後半は明でなければならない。たしかに〈こころも遠くならんでゐる〉まではすでに述べたように明である。しかし〈これら……〉以下は必ずしも明ではない。むしろ〈わたくし〉が一人南の方角へ〈行かなければなりません〉とする姿勢（位置）は、断言にもかかわらず暗いといわざるを得ないのである。というより、断言は必ずしも明ではないということである。

　終行が暗であるとは、天沢が認めるところでもあった。それは二作品が細部において対照的であるとし、続けて次のように指摘している点に求めることができる。

> 「のに」の前、「七つ森のこつちのひとつが／水の中よりもつと明るく」とある「屈折率」に対し、「雲とはんのき」では「山も大へん尖つて青くくらくなり」であり、終行も、「急がなければならないのか」と深い自問にいっとき立ちすくむ「屈折率」の詩人は、「雲とはんのき」では

「行かなければなりません」と、きっぱりと云いきっている。前者の深い懐疑と、後者の明確な断言はしかし、前者の「明」・後者の「暗」と同じく、詩人の置かれた状況の単純な反映とみてはならないものだ。（傍点＝原文）(7)

前半の明暗の対照の指摘は、作品（表現）上に認められるものである。ところが後半は賢治の内面に照らしての対照の指摘である。「屈折率」の終行が〈明〉であるというのは、〈詩人の置かれた状況の単純な反映〉でないにしても問題が残るが、この点についてはさらに後述するとして、ここでは「雲とはんのき」に焦点をしぼって論をすすめると、天沢は終行の断言を〈暗〉と見た。この判断はむろん誤りではない。問題はその判断によって、〈のに〉の前後がいずれも暗となるという点である。ではなぜそうした論理的に明晰さを欠く視点が提示されたのか。それは表現上の明暗の構造が明確に捉えられていないからである。

すでに見てきたとおり、この作品のその構造は暗↓明↓暗である。賢治の内面に照らすなら、暗（反映）↓明（反転）↓暗（反映）ということである。そして明↓暗の部分の転換は、〈のに〉によって導かれた明るい外界を受けながら、それを〈これら葬送行進曲の……〉とさりげなく内面化している点に求められる。そしてその後南の方角に歩もうとする〈わたくし〉の、暗い孤独行が思い描かれているのである。それに論理的に明晰さを欠くもう一つの理由は、賢治（詩人といってもいい）の心象の反映と反転の構造の混同によるものである。混同は、対象化したものと賢治（詩人）の内面とを明確に論理化していないことから生ずる。

ともかく明暗の構造が、「雲とはんのき」では暗→明→暗であり、「屈折率」は明→暗である。とすれば前者が後者の〈のに〉を〈同じように引き継いで〉いるとはいえないし、したがって二作品が対応するともいえない。ただ前者が後者の〈一種のヴァリアション、一種の書き換え詩篇〉であるとする点については、考え方によっては成立する余地はあるだろう。しかし今それを論ずる余力はないし、また当面の論点からはずれるのでここでは触れない。

三

視点を「屈折率」に戻せば、いま〈わたくし〉は未来の自己を思い描き、明るく巨大なイメージの此岸〈現在〉を背にして、やがて〈でこぼこ凍つた〉雪道を歩まなければならないことを知る。しかも〈でこぼこ〉の畳句は、未来への歩みが困難なものであることを暗示し、次行のめざす方位としての〈向ふの縮れた亜鉛の雲〉によって、それに暗さが付加されるのである。そうした暗い未来を歩む自らの姿を、〈陰気な郵便脚夫〉と捉え、そして〈またアラツディン　洋燈とり〉と、魔法使いにだまされ地下の世界に降りて行くアラジンの姿に見立てたのである。宮沢家本でこの行に縦線を付したのは、二重にその暗さを示すことの煩雑さに気付いたからである。言い換えということでは、四、五行の畳句もそうであるが、この行にその煩雑さを感じたのもそれと関連している。

恩田逸夫は〈郵便脚夫〉を万人に幸福をもたらす者と捉え、さらに〈それは決して楽な道程ではないので「陰気な」としている〉と指摘している。この解釈の根底には、恩田の万人共栄の〈「まことの幸福」〉を求める者＝賢治という考えがあるからである。(8) 賢治が究極的にそうしたものを求めていたことを否定するつもりはないが、そうしたことを読み取ることが、この時点での的確なこの作品の読み取りとも思えない。

天沢退二郎は、この作品を〈暗澹とした、自己不安〉の詩とし、そこに賢治の〈詩的出発における〉〈詩意識の状態〉をみた。また八行目の二字下げは語調の〈踏みはずし〉であり、そこには詩人の〈不安と躊躇〉があり、しかも〈自分の未来の憑依的イメージが水の中よりもっと澄明なすがたで宙吊りにされている〉という。さらに続けて〈詩人はいま未来だけを前にしている〉といい、〈「七つ森のこつちのひとつ」の巨大な明るさ〉は〈未来のあのさむざむとした悪魔的な巨大さ・明るさ〉だといい、さらに〈魔法のランプをとりにいくべき自己のイメージの卑小さが詩人をいくぶんかうちのめしている〉けれども、詩人の位置は〈未来への、すべてが開けてゆく開示・開顕の子宮口〉だとする。またその〈未来〉は時間概念だけを意味するのでなく、賢治の〈生活意識〉が思い描く〈想像力の宇宙の新しい窓〉であるという。そして〈作品が―そして詩作行為が―かれをつれ出そうとしている新しい「彼方」はかれにとって、たとえ不安と恐怖を蔵してはいても唯一の希望〉であり〈身を託しうる唯一のもの〉であると結論づけた。(9)

天沢のいわんとすることは、詩人の詩作行為とそれのもつ未来の彼方に開かれているイメージということにつきる。この作品に賢治の詩的出発の詩意識の状態をみたというのはそのことである。そのようにこの作品を読むことに異論はないし、まことにユニークな視点というべきだろう。しかしその視点は当然ながら作品を論ずる中で成立しているべきものであるが、果してそれはそのように成立しているだろうか。

問題はまず、なぜ〈踏みはずし〉た状態にある詩人に、〈自分の未来の憑依的イメージ〉が〈澄明なすがたで宙吊りにされている〉とみ、それを〈「七つ森のこつちのひとつ」の巨大な明るさ〉と重ねることができるのか、という点にある。またそれと関連して詩人は未来だけを前にしていると述べるが、なぜそういえるのかいっさい論拠を示していない。

またその点では、〈未来のあのさむざむとした〉云々も、内容が具体的でないことにおいて同じである。〈あの〉とは例のというほどのことだろうが、それの指示する〈未来の憑依的イメージ〉なるものが、いま述べたように具体的な内容がないことから考えて、これも明瞭でないことは明らかである。

四

すでに述べたように、賢治を通して対象化された〈わたくし〉にとって、眼前の〈七つ森〉のひとつの光景は、賢治の内面の反転としての心象風景＝イメージであり、無縁なものと意識されていた。

したがってそうした違和を与えるものに自己の未来の像を重ねるとは考えられない。それに、もしかりに天沢の視点を認めるにしても、前掲の「雲とはんのき」と比較し論じた中で、天沢自らかなめとみた〈のに〉の、作品構造上へのかかわり―つまり前後に相反する事柄をもつということに、天沢の視点はどうかかわるのか。結果としてその前後に天沢が〈明〉を読んだことは、明らかに齟齬である。それは自らの視点を自らのもう一つの視点によって否定したということを意味する。またもし終行に〈明〉を読まざるを得ないとすれば、それによって招来した作品構造上の論理的不明瞭さを、明解にするそれなりの論点をまた提示しておくべきであった。

これはまた憶測にすぎないが、天沢が終行に〈明〉を読まざるを得なかったのは、おそらく〈わたくし〉をして不可避的に未来に歩ませるものの持つ強い牽引力―それを従来は仲介としての信仰の力と解していたが―を、賢治の作品行為として捉えたからではなかったかと思う。しかし必ずしもそれが〈明〉であるとは限らない。

さてこの作品の終行〈急がなければならないのか〉が暗であるのは、〈のに〉の作品構造上の規則からだけいえるのではない。それを仔細な点に求めれば、〈のに〉が導くところの行末〈のか〉の孕む問題である。そこには不可避的な歩みを促されながら、あるためらいを抱く〈わたくし〉の心中が自問として示されている。たんに歩みが不可避と意識されているだけであったなら、〈急がなければならない〉であってもよかったはずである。かりにそうしても、〈のに〉の作品構造上の矛盾とはならない。

ところが〈のか〉とすることで、そこに深いためらいやとまどいが示されているのである。ではなぜためらいとまどうのか。それは自らに不可避的な歩みを促すものへの懐疑と見えて、実はそうでなく現在の〈わたくし〉＝自己の有様に対する懐疑から生じたものである。ある目的に向けての不可避的な歩みを自覚する〈わたくし〉は、同時に現在の自己を顧みるとき、果たしてそのための生活や生き方を自分はしているかと懐疑し、当惑せざるを得ないのである。その自覚が〈のか〉の自問として表出したのであり、それは予見する自己の未来の姿の暗さとあいまって、というよりそれ以上に暗い現在時における、〈わたくし〉＝賢治の内面の声としての独白であった。

この作品で〈わたくし〉がついに一歩も未来に向けて踏み出していない点に、その自問の深さが表われている。〈ふみ〉のルフランは歩みを進めているかにみえて、この〈のか〉の自問によって一歩も進められてはいないことがわかる。

また不可避的な歩みを自覚する〈わたくし〉にとっては、それが〈急がなければ〉でなく〈行かなければ〉でもよかったはずである。それを〈急がなければ〉としたところに、それとは裏腹に一時的留保を自らに認めたい、〈わたくし〉＝賢治の心理がかくされている。

表題「屈折率」は、冒頭〈水の中よりもつと明るく〉に具現しているともとれるし、まだ明るい現在に背を向け、暗い未来に歩み出さなければならないとする、その〈わたくし〉の心理にも求められるが、なにより未来に不可避的な歩みを自覚しながら、一時の留保を自覚せざるを得ない〈わたくし〉の心理にこそ顕在化していると考えられる。むろんそれは賢治のいつわらざる現実認識であった。

栗谷川虹はこの作品を通して、〈賢治の進む道は、ここで大きく「屈折」した〉[10]と述べている。そしてその道は後述しているように〈信仰の道〉と見ているのであるが、いま述べてきたように、屈折したのは賢治の心理であって信仰（心）ではない。賢治の生活や生き方に即せば、これもすでに述べたが、たしかに父母の改宗、国柱会での実践（活動）、さらに生活の自立がことごとく挫折した。しかしその事実と信仰（心）とを短絡に結びつけてはならない。

むしろ賢治の信仰に即して捉えるなら、その挫折は、菅谷規矩雄がいみじくも指摘[11]しているように、自らの信仰（法華経）を真正面から問い直す契機となったということを意味している。

そしてそのことを作品に照らすなら、〈わたくし〉に不可避的な歩みを促すのは、一つにはそうした信仰の有様であったとみることができる。しかも〈わたくし〉の心理の屈折は、信仰にではなく自らの生活や生き方にかかわっているのである。

おわりに

賢治は帰郷後教職に就きながらも、これもすでに触れたように、その位置に安住することはできなかったのである。結果的には、やがてその位置を自ら放棄し羅須地人協会の生活に入るのである。むろんこの作品の時点でそれを語ることは無理としても、あえて羅須地人協会の実践を対象化するなら、それはこの作品に表われた自らの生活や生き方に対する屈折した心理に、厳格に明断を下した行為とみることができる。それによって初めて、賢治は信仰と自らの生活・生き方を一体化することができたのである。

ともあれ、いつわらざる賢治の現実認識であったにもかかわらず、この作品に顕在化した一時の歩みの留保が、その後の作品営為の意識に大きくかかわってくることはいうまでもない。

注

（1）校本全集第三巻『春と修羅　第二集』「序」本文、7頁参照。
（2）「雪渡り」（「愛国婦人」大正十年十二月号、大正十一年一月号に分載）
（3）以下引用は校本に依って、初版本の形態を掲げる。
（4）ただし、今日「冬のスケッチ」として残されている作品群の中に、「日輪と太市」、「恋と病熱」に結実すると考えられるものがあるし、しかも「冬のスケッチ」には欠落したものがあると考えられ、とすればこの作品や「くらかけの雪」に該当するものも欠落した中にあったと充分考えられる。ということは、この作品の構想（時）はさらに遡ることができる。が、今はその手立てがない。
（5）校本全集第二巻「屈折率」本文下段参照。
（6）「空間の変貌」（『《宮澤賢治》論』昭51・11、筑摩書房）279頁。
（7）前掲注（6）書280頁。
（8）「補注一」（日本近代文学大系36『高村光太郎　宮沢賢治集』昭44・6、角川書店）

（9）「七つ森から小岩井まで」（『宮沢賢治の彼方へ』昭44・12、3刷。思潮社）74～76頁。
（10）『気圏オペラ　宮澤賢治「春と修羅」の成立』（昭51・7、双人社書店）21頁。
（11）『詩的リズム―音数律に関するノート』（昭50・6、大和書房）228頁。

【付記】　本節は、校本全集第二巻〈詩Ⅰ〉に依った。

第二節　「くらかけの雪」、「日輪と太市」
―迷いの行方、うつつへの眼差し―

一　「くらかけの雪」

この作品は、巻頭を飾った「屈折率」と同じ（一九二二、一、六）の日付を持つ。

たよりになるのは
くらかけつづきの雪ばかり
野はらもはやしも
ぽしやぽしやしたり黝《くす》んだりして
すこしもあてにならないので
ほんたうにあんな酵母《かうぼ》のふうの
朧《おぼ》ろなふぶきですけれども
ほのかなのぞみを送るのは

くらかけ山の雪ばかり
（ひとつの古風《こふう》な信仰です）

同じ日付を持つ「屈折率」は、未来への歩みを一時的に留保する〈わたくし〉の姿勢を示しながらも、現在から未来へある目的を自らに課し、やがては歩み出さなければならない自覚や決意を内包するものであった。それに対してこの作品は、希望や何かをひたすら待ち続けるといった印象を与える、極めて未来に対する消極的な姿勢のあることを否定することが出来ない。一体〈くらかけつづきの雪〉が何故〈たよりになる〉というのか。また、托そうとしたその〈のぞみ〉とは一体なんであったのか、一切明らかではないのである。

ところで「小岩井農場」の「パート四」や「パート九」には、冬に用事があって農場の耕耘部に出掛けた日の様子を伝える部分がある。それはおそらく「屈折率」「くらかけの雪」に描かれた日を思い起こしてのことであろうと思われる。

耕耘部へはここから行くのがちかい
ふゆのあひだだつて雪がかたまり
馬橇《ばそり》も通つていつたほどだ
（「パート四」）

この冬だつて耕耘部まで用事で来て
こゝいらの匂のいゝふぶきのなかで
なにとはなしに聖いこころもちがして
凍えさうになりながらいつまでもいつまでも
いつたり来たりしてゐました
（「パート九」）

「パート四」、「パート九」は、小岩井農場行の往路と復路のスケッチになるが、その内「パート九」は「くらかけの雪」に描いた場所辺りに当たるのであろう。その折詩人は〈聖いこころもちがして〉その場を立ち去り難く、〈凍えさうになりながら〉も行ったり来たりしたというのである。また、

あのときはきらきらする雪の移動のなかを
ひとはあぶなつかしいセレナーデを口笛に吹き
往つたりきたりなんべんしたかわからない
（四列の茶いろな落葉松《らくやうしやう》）
けれどもあの調子はづれのセレナーデが
風やときどきぱつとたつ雪と
どんなによくつりあつてゐたことか
（「パート四」）

とも述懐している。用事がなんであったかはよく分からない。が、口笛でセレナーデを吹く詩人の孤独行が深く思われる。しかも〈ひとは〉と一旦自己を客体化しながら〈あぶなつかしい〉といい、また〈調子はづれのセレナーデ〉と自嘲気味にいい、そしてなんべん往復したか〈わからない〉という主情的もの言いや、また口笛で吹くセレナーデと風と雪とが〈どんなによくつりあつてゐたことか〉、ともう一人の自分に言い聞かせるようにしみじみと独白しているのである。その孤独行がどんなに詩人にとって充足したものであったかをよく示しているし、吹雪の中をそしてそのいい匂いに包まれ清々しい気分に浸っていた様子をも伝えている。この「小岩井農場」の独白の伝える自己像は、その意味で「くらかけの雪」に内在するたゆたう詩人の心境を裏付けるものといえよう。

それにしても第一集の特色である周囲の山野の散策・探索での自然交感は、言ってみれば非日常的世界に身を置くという当時の詩人の基本的姿勢を示しており、当然のこととして孤独をかこつことになる。しかしそのことは同時にまた自己と向き合うことであり、思索とまでゆかないまでも自己凝視の時を得たということをも意味する。帰郷後の賢治にとっての自己恢復は、やはり自らを育くんだ郷土の自然に向かい合うことで計られるもののようであった。そうした慰藉と同時にその自然交感は心象スケッチという作品そのものとして定着する。また当初の心象スケッチは、自己の生の恢復を計るための自己凝視の手段と方法でもあった。

さてここで作品にもどり〈たよりになる〉〈くらかけつづきの雪〉と〈あてにならない〉とする〈野はら／はやし〉についてまず考えてみる必要があろう。詩人は〈野はら／はやし〉を、〈ぽしやぽしゃしたり黝《くす》んだりして〉あてにならないという。小嶋孝三郎は〈ぽしやぽしや〉を体感的なものと述べ、さらに〈いつぽしやぽしやッと溶解してしまうかも分からないといったような頼りない感じを表わすものであろう(1)〉といい、けれども霧や靄などのかかった茫漠たる感じでないと述べている。

だがそのように〈野はら／はやし〉を溶解してしまう頼りないものとしているのは、一つは今詩人の眼前に舞う吹雪にほかならないのである。吹雪が視界を遮り見えにくくなっていることだが、しかしここでは、〈野はら／はやし〉が視覚的にあるいは体感的に当てにならず不確かなものとするのではなく、この場合の野原や林が、現実世界そのものの象徴であり、その現実を詩人が充分認識し得ない、あるいは認識しようとしていないことを考えるべきである。さらに本来当てにし得る野原や林を当てにならないといい、逆に頼りにならない筈の〈くらかけの雪＝吹雪〉を当てにし望みを托すというこの逆説は、当時の詩人の現実認識の有様あるいは心境をよく示している。すでに触れたたゆたう心境であり、意識の宙ぶらりんの様相ということである。

そうした現実の迷妄や不確かさをそれとして明断したり拒絶する意志を持たず、ただひたすら彼方の〈くらかけの雪〉に全てを仮託する。そうした現実状況を前にして、それにしても不思議と不安感・危惧感・逼迫感がないのは何故であろう。それは恐らく今触れた終行の〈(ひとつの古風な信仰です)〉という心境と関連すると思われる。

その点について恩田逸夫は、〈賢治が精神的支柱としたのは宇宙根源力であり、風・光・雲・雪などは、この力の直接的な現われである(2)〉という宗教的自然観を指摘している。たしかにその指摘が妥当性を持つ場合もあるが、しかしこの詩においてもしくらかけ山の吹雪がその〈宇宙根源力〉であるなら、詩の根底にある語り手の、あるいは詩人の孤独は何を意味するのか。〈宇宙根源力〉がその孤独を支えているといえばいえるが、その〈くらかけ山（そしてその雪）〉を頼りとし望みとする姿勢を、汎神論的土俗信仰として結論づけることが必ずしもこの場合妥当とも思えないのである。

〈(ひとつの古風な信仰です)〉というもの言いには、軽みや皮肉、自嘲さえ感じられるものがある。何故なら当てにならない吹雪や見えない山を頼りとし望みを託すというのは、不確かで曖昧な現実感覚を強いてそのように言ってみたまでのことといった印象があるからである。賢治が山岳信仰に関心がなかったというのではない。むしろそれが辿れるだけのものを残しているわけだが、といってこの場合それを引き合いに出す程その信仰の関心の深さや確かさをそこに読み取ることは出来ないからである。

この作品は冒頭の「屈折率」と同様、やがて詩人によって推敲され抹消される運命にあるが、その前段階で最終行に縦線を引きこの一行を抹消しているのである。恐らくそのもののいい方が気になりいささか気が引けたのであろう。

すでに述べた通り、詩人の置かれた状況が深刻でもなく逼迫したものでもないのは、やはり現実を直視する姿勢を持たずたゆたう心境という、「屈折率」に見られた歩みの一時的留保の傾向があるからである。しかもこの傾向はその後もしばらく詩人を呪縛し続けるものである。

最晩年に詩人は、この日のことを、

くらかけ山の雪
友一人なく
同志一人もなく（但し、後この行に削除の印の縦線が引いてある—筆者注）
たゞわがほのかに
　うちのぞみ
かすかな
　のぞみを
　　託するものは(3)

と述懐している。ここには詩人の現実としての孤独が弱々しく語られていて、その孤独な詩人が〈かすかにのぞみを托するもの〉として、〈くらかけ山の雪〉が位置していたことを繰り返し述べている。

寄って立つ現実が不確かなものと同時に不可避なものであるという、そうした現実の迷妄を受け入れ佇立する自己の姿と、そのたゆたう心を見つめ続けようとする姿勢が、この詩の中には存在する。

本書「第一章　作家論」の「第三節　〈心象スケッチ〉のはじまり並びに補説」でも触れたが、賢治は『春と修羅』の出版意図の要点の内、序文の考えを主張し従来の歴史観や宗教観を変換する意図を前提とした、自己の〈さまざまの生活を発表して、誰かに見て貰ひたい〉とも言及していた。見て貰いたかったのは諸条件下での自己の生活様態の軌跡ということである。とすれば詩人の現実認識がいかに混濁しそこに迷妄があっても、あるいは虚ろなたゆたう心境であっても、この作品には自己の生活様態に忠実であろうとする賢治の、根本的姿勢が提示されているということになろう。(4)

二　「日輪と太市」

この作品は、（一九二二、一、九）の日付を持つ。

日は今日は小さな天の銀盤で
雲がその面《めん》を
どんどん侵してかけてゐる
吹雪《フキ》も光りだしたので
太市は毛布《けっと》の赤いズボンをはいた

「日輪と太市」が、「冬のスケッチ　四、」を原型にしていると指摘したのは恩田逸夫だが、このス(5)

ケッチから詩への改作を一例として、賢治の創作においては、短歌・詩・童話（散文を含む）・文語詩間で、それぞれがその素材になったりその一部として組み込まれたり書き換えられたりすることが少なくない。その「異稿」を含め「冬のスケッチ　四、」は、また「日輪と太市」に書き換えられるだけでなく、校本（第六巻）「校異」に示されているように、「化物丁場」（「文語詩稿　一百篇」）の三連に組み込まれていることが、先駆形A・Bから定稿への作品形成過程から分かる。また文語詩と散文「化物丁場」は、同タイトルというだけでなく内容上も無視できないというように、同一ジャンルあるいは異なるジャンル間での作品相互の関連がそこに指摘できる。

とはいえ、「冬のスケッチ　四、」→「日輪と太市」→文語詩「化物丁場」→散文「化物丁場」と単純に改作・書き換えられたと見ることもできない。この作品間の形成過程は、①「冬のスケッチ　四、」→「日輪と太市」、②「冬のスケッチ　四、」→文語詩「化物丁場」、そして③文語詩「化物丁場」→散文「化物丁場」（制作日時は逆とも考えられる）と、一応分割して見るほうが分かり易い。何故なら「日輪と太市」と文語詩「化物丁場」あるいは散文「化物丁場」との直接的関連は薄いということである。また、文語詩「化物丁場」と散文「化物丁場」も、前者が「冬のスケッチ　四、」を原型にしているのに対して、散文「化物丁場」は、菊地忠二の指摘するように[6]、その体験が大正十一年七月に起きた雫石川洪水に取材したものであり、「冬のスケッチ　四、」の体験（後述）とは異なるという事情があるからである。より具体的にいえば、①と②は同一体験を素材とし②と③は類似体験を素材としているということになる。

というものの「冬のスケッチ　四、」のこの短唱の前後の作品を仔細に見ると、そこには和賀川と夏油川との合流付近での詩人の散策の様子が描かれている。[7] 和賀川は北上川の右岸に流れ込む支流だが、それとその枝川の夏油川は、江釣子村付近で合流する。明らかに「冬のスケッチ　四、」と散文「化物丁場」はその体験を異にする。

それによって指摘できることは、複数の作品間に相互の関連を見ることが出来る（タイトルや表現の類似）としても、必ずしも同一体験ではなくその密接な関係を保証するものではないということになる。しかし賢治文学においては異体験の創作上での重層化（イメージの重層化）は常に見られることであり、切り離して考えるべきではないのかも知れない。

さてすでに触れたように「冬のスケッチ　四、」には、

雪融の山のゆきぞらに
一点白くひかるもの
そは恐らくは日輪なりなんと
赤き毛布のシャツ着たる
ひとびとあふぎはたらけり。

（最終形）

と、この作品の書き換えた形がある。現実の光景を人物を配しながら冷徹に写し取った、その意味で「冬のスケッチ」全体を貫く方法を端的に示した作品である。先ず〈雪融の山のゆきぞら〉とあるが、これは雪が降っているのでなく、降りそうな空模様あるいは雲行きということである。空は全体、そうした様子を詩人に感じさせる雲が被っているのであろう。しかもその雲を通して日輪＝太陽がそれとなくあることがわかる光景の下で、寒さから身体を守る〈赤き毛布のシャツ〉を着て、時に空を見上げては天気の成り行きを気にしつつ、また黙々と働き続ける農民（あるいは鉱夫）の姿が、視点人物＝詩人によって客観的に捉えられている。

　それに対しそれを原型とする「日輪と太市」の自然描写は、太陽を〈天の銀盤〉と喩え、〈雲〉がその面を〈どんどん侵してかけてゐる〉とある。これは次行の〈吹雪も光りだしたので〉という気象状況の微妙な変化を見逃さず、しかも終行の〈太市〉の行動と不可分の精緻な観察の表出である。初版本で〈雪〉となっていた(8)ものを、後年の自筆手入れで〈雲〉に変えたのは、正当な理由があるからであろう。端的に言えば、雲があるから雪が降るのである。郷土の自然・風土に精通する者にとっては、当然の手入れであろう。太陽を被っているのは雲である。太陽は雲に遮られ強い光を失いつつありながら、それでもその形を完全に失わずその辺りがぼうと明るい光景を、詩人は〈天の銀盤〉と端的に喩える。平板で即物的な表現になっている。

　しかも、〈どんどん侵してかけてゐる〉という変化する空の様子―雲そのものが太陽の表面を素早く流れ去る光景―は、また同時に刻一刻と過ぎ行く時間の的確な経過をも示している。時空の関係がこの詩でも極めて緊密に捉えられているといえよう。そしてそうした空と地上の間に雪が舞っている。舞う雪は時間の経過とともに光りだす。それというのも間違いなく外気温が低下し、雪の表面の結晶度が増すことで吹雪く雪がきらきらと輝くのである。郷土の自然に慣れ親しんだ詩人の体感した自然把握である。

その自然交感は、終行においてもいかんなく発揮されている。登場人物〈太市〉の屋内での動向はまた外気温の低下と関連するからで、室内の気温も下がって寒さを感じた〈太市〉は、思わず〈毛布の赤いズボン〉を取り出してはくのである。毛布は織物の総称だが、それを素材とした防寒衣、野良衣（作業衣）としてこの時代普及していたもので、賢治の作品中にしばしば登場する際立つ道具立てである。

この作品での〈太市〉像は、詩人の自己の投影ともまた一農民（あるいは鉱夫）像ともいえるものだが、「冬のスケッチ　四、」での明らかな群像とは異なる。〈ズボン〉を形容する〈赤〉は、雲や吹雪のため光や熱を失いつつある太陽と対照的に、人間の暖かみや生命感を感じさせそれをはく〈太市〉は、充分親しみを感じさせる人物像となりえている。

この太市という人物設定について原子朗は、エクトル・マロー原作の〝Sans Famille〟（邦訳『家なき子』）、賢治が尋常小学校で当時担任だった八木英三に読んでもらった五来素川訳では『未だ見ぬ親』であり、この訳では主人公は太一となっている、その原体験が投影されているという。(9) 恩師八木の述懐によれば、賢治は自分の〈童話や童謡の思想の根幹は、尋常科の三年と四年（この時の担任が八木英三―筆者注）ごろにできた〉[10]と言及していたことからすれば、原の指摘は示唆に富むものであり、さらに〈「太市」はかつての「太一」の変身ではないのか。あるいは賢治のなかに終生、生きつづけている「太一」の姿ではないのか〉[11]という時、賢治の原体験とそれへの思い入れがどのようなものであったかを想起せずにはおかないものである。それはまた境忠一のいう〈名辞の絶対性に自己を托した小宇宙的な表現〉[12]という指摘とともに、極めて興味深いものといえよう。

さらに付言すれば、「冬のスケッチ　四、」での人々の群像はもう一つの自然として、それに組み込まれたものであり、その労働に縛られ休むゆとりさえなくただ黙々と働くしかない現実を、なんの虚飾も交えずリアルに描く点に特色がある。それに対してこの作品での太市像は生の肯定を前提とする個性的存在たりえているといえよう。

それにしてもこの詩と「屈折率」「くらかけの雪」と比較して分かることは、視点人物の位置である。この作品では、詩人があるいは書き手が傍観者として徹しているということであり、それと関連して詩人の語り口調が生きているということである。

注

（1）『現代文学とオノマトペ』（昭47・10、桜楓社）
（2）「頭注」（日本近代文学大系36『高村光太郎　宮沢賢治集』昭46・6、角川書店）
（3）「雨ニモマケズ手帳」（79～80頁）。昭和六年の病床でのメモである。

（4）森佐一宛、大正十四年二月九日付、書簡。
（5）「『春と修羅』巻頭の両詩―旅路のけわしさの予見―」（「四次元」82、昭32・5）
（6）「作品『化物丁場』の執筆時について」（「賢治研究」6、昭45・12）
（7）佐藤勝治『〝冬のスケッチ〟研究』（十字屋書店、昭59・4）の中で、この江釣子村付近でのスケッチが和賀仙人鉱山行の途次でのものであることを、その目的とともに詳細に述べている。
（8）後年その誤りに詩人が気づき訂正（推敲）したもののようで、初版本の正誤表にはない。本節は初版本を定本とする校本の本文に依ったが、校本においてもこれについては明らかな誤りと判断し、初版での〈雪〉を〈雲〉と訂正し本文としている。
（9）「原体験の重さ」（校本『宮沢賢治全集』十一巻「月報」、昭49・9、筑摩書房）
（10）「宮沢賢治に聞いたこと」（草野心平編集「宮沢賢治研究」5・6合併号、昭11・12）
（11）前掲注（9）論。
（12）『評伝　宮沢賢治』（昭43・9、重版、桜楓杜）

【付記】　本節は、校本全集第二巻〈詩Ⅰ〉に依った。

第三節　「丘の眩惑」、「カーバイト倉庫」
―自然交感のはじまりと孤独―

一　「丘の眩惑」

作品「丘の眩惑」は、初版本では（一九二二、一、一二）の日付を持つ[1]。賢治の詩における自己と自然との交感が、見事に結晶した好例の作品といえよう。同じ日付を持つ次作「カーバイト倉庫」との関連を念頭におくなら、詩人が北上山地（蛇紋山地とも呼んだ一帯）への山野行の途次に訪れた、名もない丘から眺められた風景の詩作化である。タイトルに〈眩惑〉とあるように、その風景は眼を眩ませ惑うほどのもの―信じられないほどの美しさをそこに展開するものであったということであろう。

ひとかけづつきれいにひかりながら
そらから雪はしづんでくる
電《でん》しんばしらの影の藍靛《インディゴ》や
ぎらぎらの丘の照りかへし

あすこの農夫の合羽《かっぱ》のはじが
どこかの風に鋭く截りとられて来たことは
一千八百十年代《だい》の
　佐野喜の木版に相当する

野はらのはてはシベリヤの天末《まつ》
土耳古玉製玲瓏《ぎょくせいれいらう》のつぎ目も光り
　（お日さまは
　　そらの遠くで白い火を
　どしどしお焚きなさいます）

笹の雪が
燃え落ちる　燃え落ちる

「丘の眩惑」は作品全体が、例えば「くらかけの雪」の全体を占める不透明感とは異なり、上昇・下降、さらに水平といった空間の把握とその広がりとともに、透明で明確なイメージが与えられている。そのイメージの特質は、後の作品「春と修羅」の天山の辺境的イメージに近い印象を受ける。タイトルにある丘がどこか断定できないが、同日付の次作「カーバイト倉庫」の舞台である岩手軽便鉄道の岩根橋駅周辺での、冒頭で触れたように詩人の山野行の途次に登った丘での心象の記録であろう。

全体を特色づけているものに〈影の藍靛〉（洋藍ともインド藍ともいう。indigo）、〈佐野喜の木版〉、〈土耳古玉製玲瓏のつぎ目〉、〈笹の雪が／燃え落ちる〉などがあり、絵画的イメージを意識した視覚に強くうったえる作品である。しかもその絵画も西洋画（印象派風）——一、三連——と、浮世絵——二連——が意識されていて、その対照的な絵画構成が意図的に配置されている。立体的西洋画と平面的浮世絵を併存させながら、終連の〈笹の雪が／燃え落ちる〉に典型的に構成されているように、夢幻的な心象風景が提示されているのである。これは言うまでもなく丘に立つ詩人の眼前に、束の間現れた〈眩惑〉のイメージであるが、同時にそこには極めて意図的な詩人の現実世界の虚構化＝見立ての世界がある。

まず第一連は、三連・四連との関連が指摘されよう。一連の冒頭二行と最終連の二行の「雪」の捉え方は印象的で、いずれも雪が〈しずんでくる〉〈燃えおちる〉と、下降のイメージとして呼応する。また三行目の〈電しんばしらの影の藍靛〉のこのインド藍の強い〈青〉は、三連二行の無機的鉱物の色と光の提示である〈土耳古玉製玲瓏のつぎ目〉（淡緑青色、天青）の淡い〈青〉の、光り輝く天と地の境目の清澄とあいまって、鮮烈な色彩と光の透明度の高いイメージを提示し響き合っている。一から二行目は、まず光り輝く〈ひとかけづつ〉の雪の一片〳〵が、確実に捉えられる。

すでに恩田逸夫が〈科学用語の「沈澱」からの連想〉を指摘し、さらに「永訣の朝」の〈みぞれはびちよびちよ沈んでくる〉との関連を述べているが、雪片の動きのゆっくりとした時間の経過が、まるで物体が水中を沈んで行くように、鮮烈な光イメージを伴い確かに捉えられているし、その光イメージは、四行目の〈照りかへし〉と呼応する。さらに三行目の〈電しんばしらの影〉から、一連全体の光と影の対照が鮮やかである。しかも単なる影＝黒ではなく、すでに触れたようにこの〈影の藍靛〉は、インド藍の強い〈青〉であり透明感の高ささえ感じられる。

また四行目の〈ぎらぎらの丘の照りかへし〉は、同じ雪と太陽とを描きながら、すでに触れた「くらかけの雪」や「日輪と太市」の鉛色の吹雪ではなく、いうまでもなく強い光と雪のイメージで、しかも四連に先立つその光イメージは、まさに〈眩惑〉の始まりを告げるものである。光や風や水は、賢治の詩にあるいは童話に通有のイメージの大きな転換、例えば現実から幻想への転換を担っているわれわれに親しいものである。一連全体としては、現実の光景の中の様々な美への関心がみられる。舞い降りる雪片の光り輝く美しさ、対照的な電柱の影の藍の美しさ、照りかえしの拡散する光の美しさと、時間を意識しつつそれら視覚にうったえる要素を的確にそして動的に捉えている。

第二連は、第一連の降る雪の下降イメージ（垂直イメージ）や、電信柱の影、丘の照りかえしといった、点在していた視点が一所に集中しさらに想念の世界に入る。二字下げのこの連は浮世絵を強く意識したイメージの展開になっている。

現実には丘から見下ろされる合羽を着た農夫のいる風景であろうが、そこには一種浮世絵になぞらえる＝見立てるほどに見事な一角が、丘からの俯瞰の構図としてあったのであろう。斜め上方に置いた視点というその俯瞰図は、浮世絵特有の技法で、一旦は「農夫の合羽のはじが／どこかの風に鋭く截りとられ」と詩人の視覚に定着した眼前の光景が、やがて初代歌川（安藤）広重などの浮世絵の世界に重ねられるのである。

特にこの場合の具体例を挙げれば、広重の『東海道五十三次』の内の「四日市」(3)である。〈風に鋭く截りとられ〉とは、後の〈一九二二、五、一二〉の日付のある作品「風景」にも見られる、風が吹き抜けるあるいは通過するという意味の特異な表現である。がここでは風にあおられた合羽の端がめくれて、それはあたかも截り取られたかのように見えると解した方が自然であろう。それを広重の「四日市」に関連づければ、そこに描かれた人物は二人だが、その内の一人は強い右前方からの風を受けながら、欄干も手すりもない粗末な橋を渡ろうとする、笠と合羽の出で立ちの旅人の姿である。まさにそれは二連の一、二行の構図に重なる。

またこれも具体的な指摘はないが、恩田が〈旅人の合羽が風にあおられた様子が、浮世絵の画面にそっくりの感じである〉(4)と指摘しているのは、まぎれもなくその「四日市」を念頭に置いてのものであろう。後年の自筆手入れ形では、〈その旅人の合羽のはじが〉（傍点＝筆者）とあることから、その印象はなおさら確かであり、詩人は浮世絵の中の旅人の姿を、現実の農夫に重ねたのである。つまり現実の光景を既知のイメージ（この場合は非現実の風景）に置き換える。あるいは現実の光景の中に既知のイメージを見るといってもいい。そこには現実から想念へ没入する詩人の至福の時がある。

それにしてもスケッチによる現実世界の再構成化（見立て）は、さらに浮世絵の版元で知られた〈佐野喜〉(5)の名が出るほど、どっぷりと浮世絵の世界に自ら浸りきっていることを示す。賢治の浮世絵蒐集はよく知られているが、この作品に限らず生涯好んで用いたイメージであり、例えば「東京」詩篇（昭和六年）の一遍である「浮世絵展覧会印象」はその好例であり、筆者はかつて少し触れたことがある。(6)

第三連は、二連の比較的近景の農夫の働く一角から、視点が遠方へと向けられそこに地平線を捉える。一行目では、地上と空の境目が、まるでシベリアの大地の地平線を思わせるものと見立てている。広大無辺の広がり、色と光の空間が現出し、透明度の高さ清澄さを感じさせる。〈野はらのはてはシベリヤの天末〉や、それに続く〈土耳古玉製玲瓏のつぎ目も光り〉とともに、水平のイメージが展開する。前者は〈シベリヤの天末〉によって極北の異空間が現出し、後者は〈土耳古玉製玲瓏〉によって、その異空間の特異な青のイメージが強調されているといえよう。

そしてその見立ての光景が〈お日さま〉によることを詩人は察知し、括弧で括られた四字下げの三行は、遠くで太陽が輝く現実の光景を概念化し、敬虔な口調で〈白い火を／お焚きなさいます〉と語る。後に書かれる「蠕虫舞手」の語り口調の特色をすでに含んでいる。そこでは雪の降り続ける中、光を失わず輝き続ける太陽が強く印象づけられており、その〈白い火〉の光イメージは、これも後に書かれる「コバルト山地」の〈せいしんてきの白い火〉に通ずるものがある。

さて終連二行は〈笹の雪〉と一旦浮世絵の世界を提示しながら、さらに雪の融ける様子を〈燃え落ちる〉と捉えるが、これも恩田の指摘するように、実際の光景は〈笹の雪が雫になり、太陽に輝きながらしたたる〉(7)ということであろう。つまり〈笹の雪〉の浮世絵のイメージに〈燃え落ちる〉という非浮世絵的イメージをダブらせることで、鮮烈で幻想的、夢幻的イメージに仕上げている。この作品は、自然交感におけるある一瞬の心に占めた光景を記録する、そうした考えに徹した詩人の姿勢が明確なものといえよう。

二　「カーバイト倉庫」

まちなみのなつかしい灯とおもつて
いそいでわたくしは雪と蛇紋岩《サーペンタイン》との
山峡《さんけふ》をでてきましたのに
これはカーバイト倉庫の軒
すきとほつてつめたい電燈です
（薄明《はくめい》どきのみぞれにぬれたのだから
　巻烟草に一本火をつけるがいい）
これらなつかしさの擦過は
寒さからだけ来たのでなく

またさびしいためからだけでもない

すでに触れたように、この作品は前作と同じ日付（一九二二、一、一二）を持つ。詩人が季節を問わず山歩きを好んだことは良く知られている。この作品もその好例だがすでに触れた「屈折率」「くらかけの雪」はむろんのこと、第一集全体を通して詩人の山野跋渉―山野行の多さを知ることになる。日中の光景を描いた「丘の眩惑」の舞台を通過し、山野行はさらに続き今夕暮時の「カーバイト倉庫」に舞台を移す。

詩の中のカーバイト倉庫は、かつての岩手軽便鉄道の岩根橋駅付近にあったものといわれているが、その明かりを詩人は、山を下る途次に見つけた。北国の冬（一月）の山であるから、他の季節と異なり自ずと散策の範囲は限られていたであろうが、〈蛇紋山地〉と呼んだ北上山地の、ほんの裾野にあたる自然の直中を歩き続け、ふと人の温もりが恋しくなった詩人の、疲れた身体に鞭打ちながら〈いそいで〉明かりを目指し下山する心境が、冒頭の〈なつかしい灯〉という言葉に込められている。

しかしふと眼にした明かりの正体は、やって来てみればカーバイト倉庫の軒下にぶら下がった電灯である。それは山峡で見た詩人のなつかしさに応える明かりではなく、おそらくヒラメントが透けて見える裸電球の、〈すきとほつてつめたい電燈〉であった。三行目の〈のに〉は「屈折率」の時と同様の用法で、期待が裏切られた詩人の軽い失望感を言い表すのに、ここでも効果的に使われている。

さて小沢俊郎は、この〈すきとほつて〉について、次のように述べている。

自然の中に一人置かれた時、ひとの存在から切り離された時、賢治は自分を突き放し、そのときもやもやとした人間的心象風景から逃れ、解放された思いをした。それを「透明な」と表すことがしばしばある。だから、「すきとほった《ママ》」は、多くの場合、爽やかなとらわれのない心象を言っている。しかし、この詩の「すきとほった」は違う。自分を人から解き放ったのでなく、「突き放された」のである。求めて自然に入ったのでなく、人を求めて与えられなかった。だから、爽やかな気持ちよりは次の「つめたい」に近いさむざむとした孤独感が、ここの「すきとほった」であろう。（傍点＝原文）(8)

孤立ということ、それによって解き放された自己の存在感を〈透明な〉と表し、〈すきとほった〉が、〈爽やかなとらわれのない心象〉という指摘はともかく、〈自分を人から解き放ったのでなく、「突き放された」のである。求めて自然に入ったのでなく、人を求めて与えられなかった〉というのは如何であろうか。孤独ということにおいて、結果的にそれは同じであるかもしれないが、当時の詩人の山野行の目的は、自由であったか否かは別として、端的に言えば、自然の中で自己に向き合うというものであったように思われる。従って、他者とのかかわりの結果として〈突き放された〉というような、よぎなくされ強いられたものではなく、自覚的な孤独行であったと見るべきである。

したがって、小沢がさらに指摘する〈突き放された〉ゆえの詩人の〈さむざむとした孤独感〉を表す心的な意味での〈すきとほつて〉ではなく、繰り返すが、ここでは単に電球そのものが全体透明なガラス製の、ヒラメントなど内部が透けて見えるという、ありのままの事実—さむざむとした光景—を捉えたものとするのが妥当であろう。むろんその電灯下、淋しさや孤独を感じたことは言うまでもない。がその場合でも、人間が自然の直中にあって感じ、自覚する淋しさや孤独である。まさに佇む詩人と〈すきとほつてつめたい電燈〉は、個的存在として響き合うとも言える。

また恩田は、〈すきとほつてつめたい電燈〉を、詩人は〈町並みの灯の人間的な懐かしさとは別種の冷艶な美〉(9)として受け止めていると言及しているが、そうした美意識の問題というより、ここでは期待としての〈なつかしい灯〉と、現実の〈すきとほつてつめたい電燈〉との、その落差に対する詩人の心の反応を読み取るべきであろう。何故なら、それが行末三行の読みと深く関連するからである。詩人は軽い失望感を抱き、あとしばらくの後に眼にするであろう〈なつかしい灯〉を思いつつ、山歩きの疲れを癒すための、一時の休息として煙草に火をつけるのである。というより身体を癒すための休息としての〈巻烟草〉であると同時に、期待としての〈なつかしい灯〉に重なる、マッチの赤黄色い火やついた煙草のほの明るい火に、ここでは注目すべきである。何故なら、町の明かりの持つ〈なつかしさ〉に対する〈わたくし〉の思いこそがこの詩の眼目だからである。

時間を少し戻したところから、再度作品を見てみる。暮れかかった頃から、みぞれが降り出したらしく、歩き続けた疲労はいやましに増す。その上期待が外れたとすればなおさらであろう。とすれば、〈なつかしい灯〉のある町に向かう前に、一時の休息を自らに促す。〈(薄明どきのみぞれにぬれたのだから／巻烟草に一本火をつけるがいい〉とは、いうまでもなく疲れた自らに語りかける詩人の内面の声である。むろん煙草が肉体的疲れを癒すはずはないし、暖を取るというのでもさらくない。小沢も指摘するように〈せめての憩いを一本のたばこに求める〉[10]といったものであろう。が、そこに詩人の心の反応を読み取るべきで、その内部にその刹那何かが起こるのである。つまり煙草を取り出しマッチで火をつけたその時、詩人はある〈なつかしさ〉の感覚に打たれ、しみじみとした感情に浸り様々に思いを巡らす。

ここでその時の詩人の感情や思考の経緯を辿ってみたい。そのためにすでに掲出した初版本（以下、初版本形とする）に対する、後年の自筆推敲（以下、手入れ形とする）をも掲げ検証する。以下は六行目からの比較対照である。

初版本形	手入れ形
（薄明どきのみぞれにぬれたのだから	（みぞれにすつかりぬれたのだから
巻烟草に一本火をつけるがいい）	烟草に一本火をつけろ）
これらなつかしさの擦過は	汗といつしよに擦過する
	この薄明のなまめかしさは

初版本形と手入れ形を見てみると、主要素〈なつかしさ〉という感情表現が、〈なまめかしさ〉と

いう官能表現に変わっている。またその表現のプロセスに置かれた諸要素が、初版本形では、〈薄明どき―みぞれにぬれた―巻烟草に・火をつける―なつかしさの擦過〉に対して、手入れ形では、〈みぞれにぬれた―烟草・火をつけろ―汗といつしよに擦過―薄明―なまめかしさ〉となっている。

ここで言えることは、六行目以下初版本形も手入れ形も、薄明時にみぞれにぬれ、疲れた心身を癒すために一時憩おうと、煙草を吸うという状況は共通であるということである。違いは、初版本形の〈これらなつかしさの擦過〉に対して、手入れ形では〈汗といつしよに擦過する／この薄明のなまめかしさは〉となっている点である。

初版本形の〈これらなつかしさの擦過〉についてまず考えてみる。これは煙草を吸うのにマッチを擦るということと結びつく。がこれだけでは、〈これらなつかしさ〉に対応しない。そこで考えられることは、マッチを擦る―煙草に火をつける、この動作の中に〈これら〉に該当するもの、そして〈なつかしさ〉に結びつくものがあるはずである。それはまず煙草の火であり、それは冒頭の〈なつかしい灯〉の色（視覚）に重なり、そのマッチや煙草の火の仄かな温かさ（触覚）や煙（視覚）、マッチのイオウの匂い（嗅覚）など、これらは人間やその生活に強く結びつくものである。そして詩人がついさっきまで自然の直中にいたのであり、いまようやく人心地を取り戻そうとする状況を考えれば、〈なつかしさ〉に到りつく心の経緯も理解できよう。つまり詩人は感覚を通して一瞬の内に、人間やその生活に結びつくそれらを感得し〈なつかしさ〉に収斂させたのである。〈これらなつかしさの擦過〉とは、そういうことを内包しているのである。

次に手入れ形を見てみる。初版本形と諸要素を共有しながら、決定的に異なるのは〈汗・なまめかしさ〉の要素が加わっていることである。まず〈汗〉であるが、初版本形では、〈いそいで〉があっても、〈つめたい電燈〉、〈みぞれにぬれたのだから〉などから、汗ばむとは想像しにくい。が実際はみぞれにも濡れたが、町の灯（実はそうではないのだが）を目指して急いで山峡を降り下ったので汗ばんだと、手入れ形ではそれをも顕在化しているのである。むろんそれだけではない。「擦過」のイメージの二重化を担っている。

擦過のイメージとして、すでに初版本形で見たように煙草を吸うのにマッチを擦るに始まる、色（視覚）・温かさ（触覚）・煙（視覚）・イオウの匂い（嗅覚）などの、人間やその生活に結びつく諸要素を、〈なつかしさ〉に収斂させたとも述べた。そしてさらに初版本形におけるマッチを擦る〈擦過〉のイメージとダブらせるものとして、手入れ形では、〈汗〉が皮膚をつたい流れる要素を付け加え明確化しているのである。さらに〈なまめかしさ〉は、〈なつかしさ〉とは異なる官能的側面だが、ここでは〈なつかしさ〉の感情に含みこまれているものと考えた方が自然であろう。皮膚をつたい流れる汗のその触覚を誇張するイメージは、一種エロティシズムさえ感じられる。いずれにしてもそれらの感覚が、詩人の求める〈なつかしさ〉の感情を揺り動かしたと言い換えてもよい。

行末三行では、〈これらなつかしさの擦過は／寒さからだけ来たのでなく／またさびしいためからだけでもない〉とある。そこでは招来した〈なつかしさ〉が、雪中での山歩きの寒さ故でも、あるいは孤独行の淋しさ故でもないというが、では何故その感情がやって来たのか。それは詩人の心の隅に追いやられていた、人間やその生活の持つ懐かしさそのものへの希求という思いが招来させたのであり、そして〈なつかしさ〉という言葉の中に、まさに今それを探りあてたという印象がある。

この部分について、小沢は手入れ形に基づいて、次のように指摘している。

その「なまめかしさ」は「寒さからだけ来たのではなく」さりとて「さびしさからだけ来たのでもない」という。どちらだけでもない、ということは、少なくも両方とも原因だということだ。「寒さ」とは肉体的条件、「さびしさ」とは精神的条件、ともに貧しい条件である。貧しい条件の下にあって、豊かなものを求める。寒いから温かさを、淋しいから安らぎを求める。その求めたものがわずかながら満たされたところに「なまめかしさ」が生まれてくる。たばこ一本に象徴されるほどの微かな満たされ方なのだが。そこから「なまめかしさ」を感ずるほど、賢治は淋しがり屋であり、生命の安堵の時を持つこと稀な人だった。(11)

極めて示唆的で、詩人の孤独とその希求の所在が何処にあるか、的確に言い当てている。つまりここには生の充足や生意識の恢復が得られる自然界との交感への志向のある一方で、ふとした折に人間(界)を求める心に気付く詩人がいるということである。

これまで見てきた詩人の山野行は、一見人(他者)から離れ逃れようとするかのように思われるが、決してその結果ではない。ただ当時の詩人には、人間関係を重要視することに心を傾ける、またそれを積極的に押し進めようとする行動がとれなかっただけであって、決して人（他者）を拒絶していたわけではないであろう。けれども今〈なつかしさ〉（あるいは〈なまめかしさ〉）という思いにその全てを仮託しながら、では人間界へ舞い戻って安心や充足が得られるかといえば、それはそうとも思われず、自己と他者とにかかわる詩人の逡巡は、依然として続くのである。

そうした心意を反映するかのように、詩人はその〈なつかしさ〉の世界の一歩手前――人間界を外から眺め思い巡らす位置に、この作品では自らを置いているように思われる。

注

（1）　校本全集以前の『全集』に依った場合、日付を「一九二二、一、九」にしているが、本節では初版本通りとした。

（2）　「頭注五」（日本近代文学大系36『高村光太郎　宮沢賢治集』昭46・6、角川書店）246頁、参照。

（3）　筆者は、作中の〈あすこの農夫の合羽のはじが／……風に鋭く截りとられて来た……〉の構図に相応しいものとして、広重の「四日市」と特定したが、現在のところそれは推測の域をでない。なお本節では、「保水堂版（版元・竹内孫八）」（『浮世絵大系　別巻2』昭50、集英社）を参照した。

（4）　前掲注（2）書の「頭注九」246頁、参照。

（5）　一八一〇年代（文化文政の頃）の、「佐野喜」こと佐野屋喜兵衛を版元とする浮世絵は未見。管見では、一八三〇年代（天保の頃）に喜兵衛は、広重の『東都名所』、『江戸近郊八景』などを、版元あるいは「喜鶴堂版」として数種出している。前掲注（3）、『浮世絵大系　別巻2』参照。

（6）「東京」（「国文学　解釈と鑑賞」昭57・12）参照。
（7）同前掲注（2）書の「頭注一四」247頁、参照。
（8）「薄明のなまめかしさ」（『宮沢賢治論集2　口語詩研究』昭62・4、有精堂）4頁、参照。なお、小沢の掲げる本文は後年の賢治自筆手入れ形であり、また日付も校本以前の『全集』に依って「一九二二、一、九」にしている。
（9）「『光』の詩人―賢治詩における『日光』と『電燈』」（『宮沢賢治論2　詩研究』昭56・10、東京書籍）
（10）前掲注（8）論。
（11）前掲注（8）論。

【付記】本節は、校本全集第二巻〈詩Ⅰ〉に依った。

第四節　「コバルト山地」、「ぬすびと」

―自然と人事の交錯―

一　「コバルト山地」

この作品は、（一九二二、一、二二）の日付を持つ。

コバルト山地《さんち》の氷霧《ひやうむ》のなかで
あやしい朝の火が燃えてゐます
毛無森《けなしのもり》のきり跡あたりの見当《けんたう》です
たしかにせいしんてきの白い火が
水より強くどしどしどしどし燃えてゐます

冒頭の「コバルト山地」とは詩人の造語であるが、作中「毛無森」という実在する山が描かれており、それが毛無森をその連なりの一角に含む、詩人の愛した早池峰山一帯を指していることは明らかである。「コバルト山地」という命名は、「鉄族の金属元素」（広辞苑）であるコバルトを産出する山というのではなく、「空色。淡い群青色」（同前）というコバルトブルーの山地の意味である。

さらに言えば、この詩の構想を得た日（日付にある大正十一年一月二十二日のその日）の夜明けごろの、早池峰山一帯と空や大気、そして雪原を染める色合いからそう名付けたものと考えられる。早池峰山一帯の峰々は、花巻の中心からおよそ東北東四十㎞弱に見える山々だが、大まかに東から早池峰山（一九一四ｍ）、中岳（一六七九ｍ）、鶏頭山（一四四五ｍ）と西に六㎞にわたって連なり、さらにその鶏頭山の北北西二㎞弱に、作品に描かれた「毛無森」（一四二七ｍ）の峰がある。

夜明け方、遠望した〈コバルト山地〉の一隅、毛無森の〈きり跡〉に生起した、氷霧と光の織りなす希有な現象に対する詩人の驚異と感動が、この作品では描かれている。

この詩の構成は前半（一〜三行）と後半（四〜終行）とからなる。前半においては、先ず〈コバルト山地〉と呼称する早池峰山一帯を捉え、その一隅にある〈毛無森〉の〈きり跡〉（森林の伐採跡）に発生した氷霧を発見する。というより正確には、氷霧の中で燃える不可思議で霊妙なものとして〈朝の火〉が捉えられている。〈あやしい朝の火〉とは結論から言えば、氷霧の立ち込めている遠い風景のなかで、明るく輝いているところ（きり跡）があることへの、まず不可思議なさらに言えば霊妙な光景として提示している。

というのもここでいう〈あやしい〉という言葉は、語義として「①不思議なものに対して興味を感じること。②霊妙であること。」（広辞苑）だが、作品の前半ではこの自然現象を科学的視点で捉え、後半ではその風土をあるがままに捉え土着的視点で見直す。これまで取り上げた作品で言えば「くらかけの雪」における〈古風な信仰〉に近いものをそこに想起してもいい。ここではその二つながらを併存させている。恩田逸夫はこの詩に〈太陽に神秘的根源的な力〉を感ずる詩人の〈自然信仰〉を読み取っている。(1)

まず〈氷霧〉の中で燃える〈あやしい朝の火〉とは何か、それを明らかにしておく必要があろう。その手掛かりは「氷霧」という気象（現象）にある。現在の気象学では、細氷、氷晶あるいはダイヤモンド・ダスト（ice prisms, diamonddust）という。

〔資料Ⅰ〕角板や角柱の形をした非常に小さな雪結晶（氷晶）が大気中をゆっくりと落下する現象。風の弱い、よく晴れた寒い日に見られることが多い。太陽光に輝いてきらきら見えることからダイヤモンド・ダストともよばれる。それらの氷晶そのものをダイヤモンド・ダストとよぶこともある。

日本では、北海道の内陸部の盆地で、放射冷却によって気温が−25℃以下になったときに見られることが多い。氷晶の空間数濃度が大きくなり、視程が一km未満になると氷霧とよぶ。

（村上正隆(2)）

〔資料Ⅱ〕針や角柱・平柱などの形をした枝分かれのない非常に小さな氷の結晶が、ゆっくり大気中を落下する現象。雲から落ちることもあれば、雲のない空からも落ちる。太陽にきらきら輝いてみえることがあり、ダイヤモンド・ダストの名でよばれることがある。結晶の数が多くなって一km以上遠方の地物の輪郭がぼんやりするようなとき（視程一km未満）は氷霧である。

（石井幸男[3]）

とはいえ詩人が毛無森の〈きり跡〉に見たのは、こうした〔資料Ⅰ・Ⅱ〕にある氷霧あるいは細氷〈ダイヤモンド・ダスト〉であると即断はできない。特に〔資料Ⅰ〕にある気温が－25℃以下という条件が、この詩の舞台の毛無森で果たしてあり得るのかということである。また その生起した氷霧の現象の近くにいることは、詩の理解を分かりやすくするけれども、一月の下旬、殆ど真冬の最中にあって、詩人が明け方近く雪深いそうした場所にいるということは考えにくい。しかも毛無森は花巻から三十km強にあり、実際それを目の当たりにするというのは無理なのである。[4]それにその〈朝の火が燃えてゐ〉るところが〈きり跡あたりの見当〉という、対象に対するおおよその言い方からも、詩人の位置が遠くにあることは明らかである。

ただここで氷霧が明確に見えているかいないかということは、それほど問題にならないといっていいかもしれない。詩人はすでにその現象（実態）を知っていて、遠望する毛無森の漠とした光景＝〈あやしい朝の火〉を、科学的視点を通して紛れもなく氷霧（氷霧と朝の光の織りなす現象）であると見ているのだからである。自然界への科学的視点の導入は、詩人の世界認識の重要な契機であり、

『春と修羅』における基本的詩法の在り方である。

詩人の位置を花巻に置くとすれば、今まさに東（宮古方面）から昇ろうとする朝日が、おそらく毛無森と鶏頭山の間の〈きり跡〉（毛無森の南斜面）に生起した氷霧（あるいは落下する雪片）に射し込んで、輝く〈あやしい朝の火〉として遠望されたのである。問題の気温については、氷霧が発生する程の低温にならなくても、空から降下する雪片や樹上の雪が落下し飛散する時に、それが太陽に光り輝いて、やはり氷霧（ダイヤモンド・ダスト）と同じ現象に見えることがあるからである(5)。

むしろ資料が教えてくれる他の氷霧の発生条件が、この詩には描かれていることに注目すべきであろう。まず、〈コバルト山地〉一帯を染めているその色彩である。明け方の日が昇る直前、あるいは山の端に太陽がかかる頃の、逆光下の山は藍色であり、手前の雪原はまさにコバルトブルーになるのである。そして空や大気もまたそうした色合いと見ていい。しかもそうした真冬の明け方は放射冷却が著しく、最も気温が低くなり氷霧の発生あるいは雪片の結晶度が高まる好条件でもある。

また氷霧の発生した場所を〈きり跡〉辺りとしているが、すでに触れたように〈きり跡〉は森林などを伐採した所で、〔資料Ｉ〕にある風の弱いという、その発生条件を満たす場所でもある。つまりその周囲は切り残った森林が壁のようになっており、地形としては盆地に近く、風の影響を受けにくいからである。そうした条件下、毛無森の〈きり跡〉辺りで〈あやしい朝の火〉―氷霧（あるいは雪片）と太陽光の織りなす驚異と感動に満ちた現象―が生起したのである。

一旦〈あやしい朝の火〉と、科学的視点で氷霧と光の織りなす希有な現象（細氷、ダイヤモンド・

ダスト〉の輝きを捉えた詩人は、後半では〈せいしんてきの白い火〉と言い換えそこに精神性を付与する。あやしいという言葉は、前述したように霊妙な力〈人の知恵でははかり知れないほどすぐれていること〉＝人知を越えた力のあるという意味でもあった。これは詩人の〈あやしい朝の火〉に対する驚異と感動が、精神により深く受け止められたことを意味し、〈せいしんてきの白い火〉と捉え直されたものと考えられる。恩田も詩人が「精神」という言葉に〈心的作用を発動させる《根源的なはたらき》という意味を与えている〉と言及している。(6)

つまり、〈あやしい朝の火〉は自然の持つ霊力―人知を越えた霊妙な力―のあるものという観点から、また〈せいしんてきの白い火〉なのである。〈白い火〉の用例は、すでに「丘の眩惑」でも見られたが、そこでは〈お日さまは／そらの遠くで白い火を／どしどしお焚きになさいます〉とある。またこうした例は「冬のスケッチ　四、」などにも散見する。〈日いよいよ白きを燃したまひ／ひかるは電信ばしらの瀬戸の碍子。〉、〈うすぐもり／日は白き火を波に点じ／レンブラントの魂ながれ／小笹は宙にうかびたり〉などだが、しかしこれらは、「日輪と太市」で〈日は今日は小さな天の銀盤で／雲がその面を／どんどん侵してかけてゐる〉と同様、雲や雪の向こう側にある太陽の様子を捉えているもので、この作品の場合は、あくまで氷霧に射し込む光としての太陽であり、それによって生起する〈白い火〉なのである。

さて〈あやしい朝の火〉から〈せいしんてきの白い火〉への転換は、科学的視点から土着的視点への転換とも読める。終行は〈白い火〉の盛んに燃えつづける様子を捉え、〈水より強くどしどしどしどし燃えてゐます〉とある。概念の相対するものを提示し、事態を強調する表現だが、それとほぼ同じ例として「丘の眩惑」の〈笹の雪が／燃え落ちる〉があった。

毛無森の〈きり跡〉に見た、氷霧と光の織りなす現象への驚異と感動は、詩人の風土との結びつきをより強化し、また自然に対する敬虔な祈りとして展開する。

二「ぬすびと」

この詩は（一九二二、三、二）の日付を持つ。

青じろい骸骨星座のよあけがた
凍えた泥の乱《らん》反射をわたり
店さきにひとつ置かれた
提婆のかめをぬすんだもの
にはかにもその長く黒い脚をやめ
二つの耳に二つの手をあて
電線のオルゴールを聴く

この詩は〈かめ〉の盗難を題材にしたものだが、奇妙なことに詩人は盗まれたことより、その〈かめ〉盗人に多大の関心を持ったようである。前半（一～四行）と、後半（五～終行）とに別れていて、いずれも詩人の想念の世界（現実にないものを見ているという意味で幻想）を描いたものである。この詩の前半は〈かめ〉を盗まれた店先の夜明け方の光景から描き、後半は盗人の逃走時の様子が描かれている。特に詩の後半に描かれる盗人の様子は、まるでムンクの「叫び」(7)の登場人物（主人公とおぼしき人物）に重なるが、稿者はその絵（次頁掲載(8)）をモチーフとして、コミカルな盗人の姿を描いていると考える。

冒頭〈青じろい骸骨星座のよあけがた〉とは、星座の光が弱まって空に消え残った様子だが、寒々とした明け方、店先に置かれた大事な〈堤婆のかめ〉が盗まれた様子が捉えられている。〈凍えた泥の乱反射をわたり〉とは、盗人が〈かめ〉を持ち去る時の、店先の地面の凍てついた泥に射し込む朝日が乱反射している様子である。このように詩人は盗人の逃走の痕跡―凍った泥濘の砕け散った跡―を地面に見ているのである。

後半では、〈かめ〉盗人が一時逃走の脚を止める奇妙な様子が描かれている。しかも盗人そのものの姿ではなく、〈長く黒い脚〉とあるように、朝日によって地面に映し出されたその影＝シルエットとして描き出している。そして突然盗人はその脚を止め、耳に手を当てて頭上で強風に唸る電線の音を、まるで〈オルゴール〉の音色のように聴き入っているというのである。「冬のスケッチ　四、」にも〈にわかにも立ち止まり／二つの耳に二つの手を当てて／電線のうなりを聞きます。〉とあり、重

雑誌「白樺」（明治 45 年 4 月号）の「裏絵」として掲載された、
ムンクの「叫び」

要な道具立てである盗人の脚を止めた〈オルゴール〉こそ描かれていないが、この作品での盗人の様子に重なるものである。いずれにしても奇妙というしかない盗人の姿である。

ところで〈電線のオルゴールを聴く〉とは、逃走の脚を止めさせるほどのものがその音にあったということになる。何かの啓示がその音にはあり、盗人の心を打ったことは確かで、風に鳴る（唸る）電線の音を〈オルゴール〉の美しい音色に譬えていることでも分かる。それにしても、突然その逃走の脚を一時止めさせた〈電線のオルゴール〉とは、どのような意味を担っているのであろうか。

詩人は、晩年の「文語詩稿　一百篇」の中の「中尊寺〔一〕」で、その美しさ・尊さから舎利の宝塔を盗むことが出来ず、礼をして立ち去る大盗を描いている。

七重の舎利の小塔に、　蓋なすや緑の燐光。
大盗は銀のかたびら、　おろがむとまづ膝だてば、
赭のまなこたゞつぶらにて、　もろの肱映えかゞやけり。
手触れ得ず十字燐光、　大盗は礼をして没《き》ゆる。

恩田逸夫はこの作品を引いて〈この「大盗」は、美を奪う者の意であろう。あまりの美しさ尊さに、手も触れずに礼拝して去る、ということによって宝物の美を強調しているのである〉[9]と言及している。しかし「ぬすびと」の盗人はそのように描かれているとは思えないのだが、「中尊寺〔一〕」の大盗も「ぬすびと」の盗人も、何か憎めない点で共通するものがある。文語詩稿「中尊寺〔二〕」の原型は、「冬のスケッチ　四、」に〈ぬすまんとして立ち膝し、／その膝、光りかゞやけり／／ぬすみ得ず　十字燐光／やがていのり消えにけり。〉と、後半に重なる部分がある。

詩人が盗人をして一時〈電線のオルゴール〉にその脚を止めさせ、〈二つの耳に二つの手をあて〉それを聞く姿を思い描いたのは、何故なのか。恩田がこの作品にかかわるものとして「中尊寺」の大盗を例にあげたのは、舎利宝塔の〈美しさ尊さ〉が悪念を抑制し打ち消すものであること、またたとえ悪人でも美を感得するものであるということを指摘したかったからと思われる。しかし「ぬすびと」における盗人は美の象徴としての〈かめ〉を持ち去っている。その意味でこの作品の〈かめ〉は、盗人にその美を感得させるものにも、またその悪念の抑制にもなってはいない。

ただ〈電線のオルゴール〉が、逃走しようとした盗人の脚を一時止めたという事実から言えることは、宝塔や瓶の美とは異なったその音色の美しさが、心に響いたからである。詩の後半、すっかりその音色に陶酔しきったコミカルな盗人の姿が、何よりそれを如実に物語っている。

ところで〈かめ〉が盗まれた事実を前にしたとき、詩人の想念の中で〈かめ〉盗人の姿と、すでに触れたムンクの「叫び」の登場人物が重なったと筆者は考える。あるいはムンクの「叫び」が想念にあって、〈かめ〉盗人の姿が瞬時にそれに重なったといってもいい。当然のことながら、〈かめ〉盗人がどのように逃走したかは知りえぬことだが、その逃走のイメージをムンクの「叫び」の主人公に重ねて、詩人は一時立ち止まる盗人のモチーフとして、反映させているのである。

ムンクの「叫び」は、自然の中にあって感じた寂しさや不安をモチーフとしている。というのもこの石版（リトグラフ）の何枚かには、ドイツ語で画面の下に、〈叫び―わたしは、自然をつらぬく大いなる叫びを聞いた〉[10]と刷り込んでいる。またムンクのこの絵の成立に関する小文（日記など）が幾つか残っていて、その中の一文でも、友人と歩いていた時に突然訪れた寂しさ、疲労感、不安への脅えを感じ、〈その時、自然を貫く、はてしなく大きな叫びを感じていた〉（一八九二年一月二二日の日記）[11]と書いているのである。

さて「ぬすびと」も「叫び」も、ともに登場人物（主人公）が両手を耳に当てるという共通のポーズを取っているが、しかしそこに大きな違いが認められることも確かである。ある音を、前者は聞こうとして後者は聞くまいとして耳に手を当てているのである。ムンクの「叫び」の主人公は、耳に両手を当てて〈自然をつらぬく大いなる叫び〉を聞くまいとその耳を塞いでいるのである。またその叫び――他の人々には聞こえない叫び――によって招来した、恐怖感や不安感を打ち消そうとして発した、自らの叫び声を聞くまいとするポーズともとれる。

それに対して「ぬすびと」の盗人のポーズは、「叫び」の主人公のそれに似てはいても、実際は耳を塞ぐのではなく、唸る電線の音をまるでオルゴールに聴き入るかのように、両手をそれに当てて聞いているのである。同じポーズを取っているように見えて、ムンクの「叫び」では、寂しさ、疲労感、不安への脅えをもたらす〈自然をつらぬく大いなる叫び〉を打ち消す主人公の姿が描かれているのに対し、「ぬすびと」ではオルゴールの音色に陶酔するコミカルな盗人の姿として描かれているのである。

作品「ぬすびと」を通して認められることは、現実を浮世絵に見立てたり自然交感の中で精神の恢復を図ることとは異なる、想念の世界に遊ぶ詩人が居るということである。

注

（1）「頭注一、四」（日本近代文学大系36『高村光太郎　宮沢賢治集』昭46・6、角川書店）248頁、参照。
（2）日本気象学会編『気象科学事典』（平10・10、東京書籍）
（3）和田清夫監修『〔最新〕気象の事典』（平7・4、東京堂出版）
（4）近いという意味では、詩人の現在地を早池峰山一帯の北側、それと東西に平行して通ずる宮古街道（最短距離約八km）に置くとしても、真冬の明け方という条件下、そうした場所に詩人が居るということはやはり考えにくい。
（5）本節中の「氷霧、細氷、ダイヤモンド・ダスト」など気象学については、資料を含めて大阪教育大学の山下晃教授（理科教育講座・気象学）のご教示を得た。記して感謝する。何より研究室の前で簡易な冷気湖型クラウトチェンバーを使って、「ダイヤモンド・ダスト」を立ちどころに発生させ見せてくれたことには、驚きを通り越して感動した。氏には、「手作り実験あれこれ――教育の現場から

Part 3(2)　氷晶を作る」（「可視化情報学会誌」Vol. 18 No.71　平10・10、可視化情報学会刊）や、A. Yamashita: On the Trigonal Growth of Ice Crystals, Journal of Met. Soc. Japan, Vol.51, No.5 (1973), 307-317. 等々の論考がある。

（6）「補注〔三〕」（前掲注(1)と同書）451頁、参照。

（7）ムンク（Edvard Munch　一八六三〜一九四四）。日本で初めてその挿絵としてムンクを紹介したのは、周知のように雑誌「白樺」（明治四十四年創刊）である。賢治がムンクに接触することについてみても、最も可能性のあるのは、やはり雑誌「白樺」を通してということになる。雑誌「白樺」は、雑誌の挿絵に国内のみならず、海外の画家のものを多く掲載した。挿絵といっても元画は銅版であったり木版・油彩・石版・素描と多様だが、ムンクの紹介は四回を数える。他に展覧会も開催している。さらに特集号と銘打っているわけではないが、挿絵の全てをムンクにしたことが二度ある。明治四十五年四月号と、大正二年十二月号である。全ての挿絵を同一画家にするという意味で、特集号といっていいかもしれない（複製版「白樺」〈昭44〜47、臨川書店〉の「総目次」では、事実「特集号」の扱いをしている）。またムンクの挿絵を一部掲載したものとして、日本で初めてムンクを紹介したことなる明治四十四年六月号（銅版「コラ」）と、大正二年四月号（素描「窓わきの少女」）がある。

その中で注目されるのは明治四十五年四月号で、雑誌の「裏絵」として掲出されたムンクの「叫び」（一八九五制作）であり、同号には、また武者小路実篤による「エドヴァルド・ムンヒ（紹介）」がある。

なお、『図録』の「解説」216〜217頁（《ムンク展》一九八二・一・九〜二・二一。奈良県立美術館発行）によれば、「叫び」の原画は四種類あって、一八九三年の①「油彩、ガゼイン、パステル・厚紙」によるものと、一八九五年頃の②「パステル・厚紙」のもの、さらに一八九五年の③「リトグラフ」

と、やはり同年の④「リトグラフ、手彩色」とあるが、「白樺」の「裏絵」は③である。ただし手法の違いはあるとしても、また若干の描写の違いこそあれ、その絵のモティーフと基本的構図は一つといっていい。

(8) ここで使用した「白樺」は、臨川書店刊行（昭44〜47）の複製に依る。

(9)「補注二四」前掲注(1)書452頁、参照。

(10)「解説」（前掲注(7)に掲出の『図録』217頁）。ただ残念ながら、詩人が見たと考えられる「白樺」の裏絵として掲出したリトグラフ（十二円五十銭で購入）には、下の余白に文字は入っていないものだった。ただ、武者小路は書き込みのあるものがあることを知っていたらしく、前掲＝注（7）で紹介した「エドヴァルド・ムンヒ（紹介）」の中で、〈絵の下に左の句が書いてあるさうである〉と前置きして、〈「叫び、我は自然を通して大なる叫び声を感ず。」／後ろに話ながらゆく二人の男にはこの絵にかゝれた景色は平和な、然らざれば平凡な景色であらう。しかし前に耳をおさえて目をむいて口をあいて、ふるえてゐる男の心は自然の怖ろしい声が聞えてゐるのであらう。線が変に動いている〉と解説している。

(11)「解説」（前掲注(7)に掲出の『図録』215、217頁）

［付記］　本節は、校本全集第二巻〈詩Ⅰ〉に依った。

第三章　童話論

第一節　「雪渡り」

――雪原の遊戯――

一

「雪渡り」（「愛国婦人」大正十年十二月、大正十一年一月、分載(1)）は、宮沢賢治が生前公表した数少ない童話の一篇であるが、生前公刊した唯一のイーハトーブ童話集『注文の多い料理店』（大13・12）に収録した作品と相前後する時期の童話として、初期の宮沢賢治童話の有様を伝えるものである。しかもこの童話が伝承上の狐や古来から歌い継がれたこの地方の童唄を素材にしていることからすれば、収録こそされなかったが〈古風な童話としての形式と地方色とを以て類集(2)〉する意図を明確にする童話集と、同系の童話構想上に創作された典型的な一篇と考えてよいものである。

この童話に対する従来の評価はおよそ対照的に二分している。小沢俊郎は、この童話で作者が〈狐の善意を認め、四郎と、かん子の狐への信頼とそれに応える狐の誠実をユーモラスな筆致の中に描き出している〉といい〈人が人を信じ信じられたものはその信に応えるという誠実さこそが賢治の作の根底に微動もせぬ健康さ〉であり、この作品の中で狐は〈一個の「人格」に高められている〉と述べて、そこに作者賢治の〈健康なヒューマニズム〉(3)を認めている。

この観点はまた、恩田逸夫の〈「どこ迄も行ける」という表現には、「雪渡り」の自由で楽しい要素とともに、すべての生物との連帯や共感、すなわち賢治が主張した「まことの幸福」という理想が含まれ〉、そこにこの作品の主題である〈人間の子どもと狐の子どもとの心の交流〉(4)があるとする観点に通ずる。

これに対し寺田透は、〈ひとを瞞すものと決められてゐるものでも、これを信じてかかれば、瞞しはしない、少くともさうみんなが考へれば、みんなが心の美しいものになるのだらうといふ期待が、この童話の教訓である〉としながらむしろその本筋より〈小さな弟妹が狐の幻燈会に招かれてゆくのを、本当は自分も行ってみたい兄が、年嵩過ぎて入場お断りだと知らされるとみやげの餅を持たせて見送り、また帰りを出迎へるといふ設定の方に感心する〉といいつつ、そこで歌われる〈歌声の呼応、清浄境における人獣交歓の透明な美しさがその話の生命で、モラリテなど問題とするには当たらない〉(5)と述べている。

この童話での人間の子供と狐の子供の交流を、前者はモラリティの問題として、後者はその交流の美しさの問題と捉えているのである。

しかし、この童話のテーマの重点がモラリティか美かという問題は、どちらかの立場に立てば済むといった次元で片付く問題ではなかろう。その意味で、佐藤通雅が〈モラリティの生起する根源を掘り起していけば、寺田透のいう「清浄境における人獣交歓の透明な美しさ」とは実は同根であることに気づくに違いない〉(6)という指摘は、一見折衷論でありながら、美とモラルの複雑にからむこの童話の性格と、その提示しようとする問題を真摯に捉えようとする観点といえよう。

本節では、そうした美とモラリティの問題を解明するための一視点として、従来その内実にまで踏み込んで論じられることのなかったこの童話中の歌(唄)を取り上げ、その機能と意味について考察を試みる。

二

この童話において、歌あるいは足踏みのリズムは、極めて意味深い重要な要素を担っていると考えられる。前掲の諸氏がこの点についてどのように指摘しているかまとめてみると、例えば小沢論では〈雪を踏む軋みをキックキックトントンと表現した象徴の妙〉を指摘し、寺田論ではこれはすでに触れたように、そこには人間の子供と狐の子供の〈歌声の呼応〉の美しさがあると述べていた。また佐藤論では、この二者以上に〈賢治のユニークな音楽感覚〉を重視し、〈掛合のおもしろさ〉や〈賢治の韻律の魔性〉を見、そこでは〈ことばがことばとして分裂しているのではなく、分裂する以前の原形質部分、それを賢治は引きずってきたのではなかったか〉といいつつ〈ことばが、以前の部分をもリズムにのせ〉〈縦横なる展開を可能にする〉〈肉体的リズム〉となり得ていると言及している。

ところで筆者はここで、続橋達雄が〈作中にみられるわらべ唄(遊びを伴ったものかどうかを含む)〉

の〈検討の要がある〉[7]という提言を思い起こす。それにつけ、前掲の諸氏が歌やリズムの重要性を認めていることは明確であるにしても、オノマトペの象徴性、あるいは呼応し合う歌声の美しさ、さらにことばの原形質部分を放射する肉体的リズムといった指摘にしても、それらが必ずしもこの童話中の歌あるいはリズムの持つ機能や意味を、充分踏まえたものとは思えない。続橋の提言には、そうした諸氏の指摘する歌やリズムの特質とは異なるものが、そこにはあるという考えを含んでいるように思われる。その提言に触発された者として筆者は、以下それに関する私見を述べてみたい。

歌について考察する前に、それと不可分の、タイトルにもある〈雪渡り〉について、述べておく必要があろう。恩田逸夫はこのことについて、雪国での〈堅く氷った雪の上を歩く、子どもたちの遊び〉[8]と端的に述べている。凍った広い雪原を渡渉する素朴で無邪気なこの遊びは、しかし雪に閉ざされた冬場の貴重なかつ楽しいこの地方の子供の雪遊びの一つには違いない。東北の冬はどちらかといえば雪に閉じ込められた暗いイメージをともなうが、そうした中での遊びの一つである〈雪渡り〉には、逆に他の地方（雪のない地方）にない、あるいは他の季節では考えられないような遊びの場として眼前に広がる雪原の、空間の自由さを味わえる解き放たれたイメージがある。

賢治は作中で〈いつもは歩けない黍の畑の中でも、すすきで一杯だった野原の上でも、すきな方へどこ迄でも行ける〉と書いている。〈すきな方へどこ迄でも行ける〉という空間の自在性をもつ〈雪渡り〉の遊びの面白さとは、方位・行為に無限に開かれている雪原（のイメージ）の、しかも〈いつもは歩けない〉という非日常的空間を渡渉する者にとっての、身体全体から湧き上がる歓喜そのものといえるであろう。

とすれば、堅く氷った雪原を渡渉する中での歌とは、まさに子供（達）が体感する歓喜の歌であり、足踏みはそれにともない一体化する力強いリズムといえる。この作品で描く人間界と獣界との交流という幻想は、そうした〈雪渡り〉という遊びのもつ空間の自在性の所産といえるものであろう。

さて〈雪渡り〉の遊びに伴う〈堅雪かんこ、凍み雪しんこ〉のフレーズを持つ歌について述べてみたい。そうすることによって遊びとの相乗効果がより明らかになるはずである。

恩田逸夫は、岩波文庫版の町田嘉章・浅野建二編『わらべうた―日本の伝承童謡―』（昭37）を引きつつ、〈「天体気象の唄」の部類に、青森・岩手地方の唄として、「堅雪かんこ〈堅雪渡り〉」が紹介され、「堅雪かんこ　白雪かっこ（後略）」の歌詞〉があると述べている。[9]「天体気象の唄」として流布していた童唄らしい。

しかしその次元でこの歌の理解をとどめてよいかと言えば、それはそうではない。端的にいえば、紹介者の資料に基づいて、恩田が〈雪渡り〉の遊びの時に歌われる童唄としながら、ことさら歌と遊びの関連を深く追求しなかったのは、この歌を「天体気象の唄」という理解の次元の中で受け止めているからであろう。

確かに童話中の歌は必ずしも流布する童唄のフレーズと一致していないし、〈嫁ほしい、ほしい〉のフレーズをともなうなど、賢治の脚色・創作という側面と考えられなくはない点もある。おそらくは実際の〈雪渡り〉の遊びで歌われる歌の形態は、『わらべうた―日本の伝承童謡―』（前掲）に収集されたもの〈童謡〉とは異なる、この童話中にあるような〈嫁ほしい、ほしい〉等のフレーズが付帯するものがあったかと、筆者は推察する。むろん「天体気象の唄」という側面を否定するものではないが、遊びと結びついた童唄の多くがそうであるように、筆者はこの歌もまたその次元を超えて遊びそのものを誘発し、遊ぶ者の意志の伝達の機能と意味を有するものである点に注目したいのである。〈堅雪かんこ、凍み雪しんこ〉のフレーズとそれに付帯するフレーズや、その歌による呼び掛けと応答という掛け合いの、その機能と意味を結論的にいえば、歌の呼応がいうまでもなく二者間、あるいは複数間において〈雪渡り〉の遊びのための手段としてのそれであり、同時に遊びそのものの始まりを意味するものであるということである。しかも呼び掛ける者と呼び掛けられる者の間で交わされ呼応する歌が、遊びを共有するか否かという、相互の意志伝達の機能を有し意味を内包しているのである。以下このことについて、具体的に作品を通して明らかにしていく。

三

賢治はこの作品で、〈雪渡り〉の遊びの成立（共有）と不成立（拒絶）の典型的パターンを前者は四郎・かん子弟妹と子狐との間で、後者は四郎・かん子弟妹、子狐と子鹿との間で、歌の呼応を通して見事に描き出している。前者の遊びの成立（共有）から見てみる。冒頭、〈雪渡り〉の遊び（遊戯）をしようとする二人の前に、次のような光景が展開する。

雪がすっかり凍って大理石よりも堅くなり、空も冷たい滑らかな青い石の板で出来てゐるらしいのです。

「堅雪かんこ、しみ雪しんこ。」

お日様が真っ白に燃えて百合の匂を撒きちらし又雪をぎらぎら照らしました。

木なんかみんなザラメを掛けたやうに霜でぴかぴかしてゐます。

「堅雪かんこ、凍み雪しんこ。」四郎とかん子とは小さな雪沓をはいてキックキックキック、野原に出ました。

　こんなおもしろい日が、またとあるでせうか。いつもは歩けない黍の畑の中でも、すすきで一杯だった野原の上でも、すきな方へどこ迄でも行けるのです。平らなことはまるで一枚の板です。そしてそれが沢山の小さな小さな鏡のやうにキラキラキラキラ光るのです。

〈雪渡り〉の遊びの可能な雪原は、雪があればよいというのでなく、雪の表面がカチカチに凍っていなければならない。〈雪がすっかり凍って代理石よりも堅くなり〉とか、また作品後半の、〈その二〈狐小学校の幻燈会〉〉の冒頭で、〈雪はチカチカ青く光り、そして今日も寒水石のやうに堅く凍りました〉と、賢治は積った雪の状態を的確に表現している。そうした条件下の雪原で、四郎・かん子の弟妹は〈雪沓をはいてキックキックキック〉足踏みし、〈堅雪かんこ、凍み雪しんこ〉と連呼しながら〈雪渡り〉の遊びに興ずる。

ここでの〈堅雪かんこ、凍み雪しんこ〉の歌は、四郎・かん子の二人が、雪原を渡渉する喜びにともなった歌であり「天体気象の唄」ととれなくもない。が一旦、それがある対象へ向けられると、別のフレーズを付帯し機能を有し意味を持つ。それは誰かと遊びを共有したいと思った時の、四郎とかん子の歌に現れる。

「堅雪かんこ、凍み雪しんこ。」

二人は森の近くまで来ました。大きな柏の木は枝も埋まるくらゐ立派な透きとほった氷柱《つらゝ》を下げて重さうに身体《からだ》を曲げて居りました。

「堅雪かんこ、凍み雪しんこ。狐の子ぁ、嫁《よめぃ》ほしい、ほしい。」と二人は森へ向いて高く叫びました。

〈雪渡り〉の遊びに興じていた四郎・かん子が、遊びを共有したいとする対象＝子狐を認定しようとし、呼び掛けの歌をうたう場面である。〈堅雪かんこ、凍み雪しんこ〉のフレーズの後に、呼び掛ける対象を名指しし〈狐の子ぁ、嫁ほしい、ほしい〉のフレーズが付される。呼び掛けの対象がこの場合狐の子だが、人間の子供同志であれば〈狐の子ぁ〉の部分が、その子供の性や名となる。つまり遊びを共有しようとする者の姓や名を、呼び掛けの歌の一部に組み入れるだけでよいという特色を、この種の歌は持っている。

ところで興味深いのは、その後に続く〈嫁ほしい、ほしい〉と囃し立てるフレーズである。呼び掛ける者がある特定した者と遊びを共有するために発した〈嫁ほしい〉という物言いは、一見相手の側にあたかも立った印象を与えるものでありながら、その言葉の意味からすれば、子供世界において当然のこととして荒唐無稽な、相手の意志とは全く無縁な事柄に類するものとなっている。このことはむろん言葉を字義通りそのまま受け取ることは無意味で、子供の世界に無縁の〈嫁〉という言葉の持つ刺激性が問題なのである。

つまり荒唐無稽な言葉の持つこの場合の有意味性とは、その言葉を囃し立てとして相手をからかい、そそのかすこと、といって完全にやり込めるほどの悪意をふくまず、ひたすら相手の関心を惹き付ける点にある。戯れ言といってしまえばそれまでだが、この種の遊びにともなう言葉は、子供世界にあっては多分にタブー視される、大人の世界の性に関する事柄や内容を持つのが常で、子供心のたわいない一面を示している。

さて、四郎・かん子の呼び掛けはどのような展開をみせているか見ておきたい。

しばらくしいんとしましたので二人はもう一度叫ばうとして息をのみこんだとき森の中から
「凍み雪しんしん、堅雪かんかん。」と云ひながら、キシリキシリ雪をふんで白い狐の子が出て来ました。

四郎・かん子の刺激的な言葉による囃し立ての目論見が見事に効を奏し、子狐が反応し、歌いながらその姿を表す。その〈白い狐の子〉の反応を示す〈凍み雪しんしん、堅雪かんかん〉の歌は、仔細にみるときわめて興味深い特色を示している。呼び掛けの歌の部分的倒置（堅雪…凍み雪→凍み雪…堅雪）や言葉の違い—ずれ（かんこ→かんかん、しんこ→しんしん）を示す一方で、基本的な言葉は見落さずきっちり踏まえているのである。この反応の歌は子狐の心をそのまま反映するものである。つまり、一方で呼び掛けに関心を持ちながら、他方で人間の子供に警戒するという、半信半疑の相半ばする気持ちがそこに示されている。

ともかく歌の呼応がみられるという点からすれば、遊びの始まりがすでにそこにはあるといっていいのだが、互いの心が打ち解け合うまでには至っていない。関心を持ち呼び掛けた四郎・かん子も、子狐がそうであると同様、実際その姿を前にした時、〈四郎は少しぎょっとしてかん子をうしろにかばって、しっかり足をふんばって〉とあるように怖れを抱く。緊迫した状況が両者の間に生じる。しかしそれを打開するように、勇気をふるい起こし再度呼び掛けの歌を四郎は囃し立てる。

「狐こんこん白狐、お嫁ほしけりゃ、とってやろよ。」

するると狐がまだまるで小さいくせに銀の針のやうなおひげをピンと一つひねって云ひました。

「四郎はしんこ、かん子はかんこ、おらはお嫁はいらないよ。」

四郎の〈お嫁ほしけりゃ、とってやろよ〉の呼び掛けに対し、子狐が〈おらはお嫁はいらないよ〉と反応したことは言葉の意味からすれば四郎の申し出に対し子狐がそれを拒んだということになる。が、すでに触れた〈嫁ほしい、ほしい〉の場合と同様、言葉の意味上の対応（申し出↓拒否）がここで問題なのではなく、あくまで重視すべきなのは、四郎の関心を惹こうとする呼び掛けの歌に、子狐が反応し関心を示して歌を返した点にある。つまり歌を投げ掛けそれに対して歌で投げ返すという経緯は、そうすることで互いが互いに関心を持っていることを示そうとしているということである。

この歌の掛け合いはまたそれだけでなく、互いの警戒心を弛緩させる意味合いもある。さらにいえば歌の掛け合いそのものを互いに楽しんでいる印象さえあり、それはとりもなおさず遊びが展開しているともいえるものである。そして互いが歩み寄り互いに心を開いていることを示すのが、次の掛け合いの歌である。

四郎が笑って云ひました。

「狐こんこん、狐の子、お嫁がいらなきゃ餅やろか。」すると狐の子も頭を二つ三つ振って面白さうに云ひました。

「四郎はしんこ、かん子はかんこ、黍の団子をおれやろか。」

笑いながら歌い掛ける四郎にも、また二、三度頭を振っておどけた素振りを見せながら歌い返す子狐にも、以前の警戒心は全くなく、互いに掛け合いそのものを心から楽しんでいる様子が見出せる。むろんここでも、四郎、かん子の持ち出す〈餅〉にしても、子狐の持ち出す〈黍の団子〉にしても、それを互いに今実際に携えているか否かが問題ではなく、関心を惹く物でありその度合いを深める物として前述した〈嫁〉と同じ意味合いである。ただ、ここでの〈餅〉と〈黍の団子〉が、後の幻燈会の折に贈り合う物という伏線の意味に注目すれば、前の〈嫁〉の場合とは違った、より現実味のある物といいうる。

ともあれ、ここでの歌の掛け合いはこれまで以上に、四郎・かん子と子狐が、互いに相手側に歩み寄り、心を開いていることを示している。

ところがこの後、かん子の〈狐こんこん狐の子、狐の団子は兎のくそ〉という、大人の偏見の介在する歌によって、これまでの和んだ雰囲気が一変し、再び両者の間に緊迫した状況が生ずるかにみえた。が、深刻な、険悪なムードにはなっていない。兎の糞を黍団子に見立てるなど、とかく狐は人をだますものという人間の偏見に対して、紺三郎がそれは〈最もひどい偽〉であるといい、狐は長い間そうした偏見によって〈むじつの罪をきせられてゐた〉と弁明する。そしてむしろ狐に〈だまされたといふ人は大抵お酒に酔ったり、臆病でくるくるしたりした人です〉といい、〈甚兵衛さんがこの前、月夜の晩私たちのお家の前に坐って一晩じゃうるりをやりましたよ。私らはみんな出て見たのです〉と事実を示し、逆にやり返す。

この偏見を含むかん子の言葉に端を発し、それへの紺三郎のやり返しの言葉の展開は、極めて真剣味をおびているかに見え、そしてその限りにおいて両者が決裂しかねない様相をみせているのだが、そこで発せられた四郎の言葉によって事態は回避される。それは、酒に酔った甚兵衛が〈一晩じゃうるり〉をやったという紺三郎の言葉に対する、〈甚兵衛さんならじゃうるりじゃないや。きっと浪花ぶしだぜ〉という四郎のかわしの言葉である。この話題をはぐらかす無意識とも思える機転によって、両者の意見の直接の衝突が避けられたといえる。

またそれと同質の印象を抱かせるのが黍団子をすすめた紺三郎が、四郎の拒絶にあった場面である。それは〈紺三郎さん、僕らは丁度いまね、お餅をたべて来たんだからおなかが減らないんだよ。この次におよばれしようか〉という四郎の言葉に、何の疑問も抱かず素直に反応する紺三郎の無邪気さである。いずれにしても深刻な事態とはならないのである。それどころか、幻燈会に紺三郎が誘い四郎とかん子が行くと約束を交わすに至るのである。

こうしたかわしや無邪気な反応と同質のものが、その後の掛け合いの歌の展開にもみられる点は注目される。

「凍み雪しんこ、堅雪かんこ、
　野原のまんぢゅうはポッポポッポ。
酔ってひょろひょろ太右衛門が、

去年、三十八、たべた。
〔後略〕」

に始まる紺三郎の歌も、またそれに呼応し歌い返される四郎の、〈「狐こんこん狐の子、去年狐のこん兵衛がひだりの足をわなに入れ、こんこんばたばたこんこんこん」〉という歌も続くかん子の歌も、互いが互いを批判し合い、なじり合う歌（の内容）のように見えて、実はそうではなく、そこでは人間の大人や狐の失態をあから様にあばき立てながら、失態のその面白さを笑い合う点に重点（子供の視点・位置）がおかれているのである。

笑いを共有すること、そしてそれが〈雪渡り〉の遊びにともなうものであることは、互いに〈キックキックトントン〉と足踏みしながら興じ合っている様子そのものに窺うことができる。つまりそこでは〈雪渡り〉の遊びが、四郎・かん子と子狐の間で成立し、互いに共有し合っているということである。この作品で最も美しい場面と言っていい。そうした雪原の遊戯が次のように描かれている。

キック、キック、トントン。キック、キック、トントン。キック、キック、キック、キック、キックトントントン。

そして三人は踊りながらだんだん林の中にはいって行きました。赤い封蠟細工のほうの木の芽が、風に吹かれてピッカリピッカリと光り、林の中の雪には藍色の木の影がいちめん網になって落ちて日光のあたる所には銀の百合が咲いたやうに見えました。

四

さてもう一方の、歌による呼び掛けの失敗—遊びの不成立（拒絶）について述べる。前述したように、それは四郎・かん子、子狐と鹿の子との間に見られる。足踏みし歌い興ずる〈雪渡り〉の遊びを共有した四郎とかん子弟妹と子狐の紺三郎は、踊りながら林の中へと進んで行く。そして紺三郎の〈鹿の子もよびませうか。鹿の子はそりゃ笛がうまいんですよ〉という言葉は、遊びを共有したいとする対象を特定したものである。

四郎とかん子とは手を叩いてよろこびました。そこで三人は一緒に叫びました。
「堅雪かんこ、凍み雪しんこ、鹿の子ぁ嫁ぃほしいほしい。」

子狐の紺三郎の申し出に喜んで賛同する四郎とかん子の様子には、遊びの輪を広げ楽しみを共有しようという、子供らしい素直な、心の反応が窺える。だがそれにもかかわらず、三人の呼び掛けは失敗する。

するると向うで、

「北風ぴいぴい風三郎、西風どうどう又三郎」と細いいゝ声がしました。

確かに子鹿は無言でなく細い声で反応しているから、三人の呼び掛けは成功したかに見える。が、三人の呼び掛ける〈鹿の子ぁ嫁ぃほしいほしい〉という歌に対する子鹿の返しの歌は、〈北風ぴいぴい風三郎、西風どうどう又三郎〉であって、ここにはあの四郎・かん子の呼び掛けの歌に対する子狐の反応にはみられなかった現象がある。そこでは〈雪〉が〈風〉になっているというだけでなく、呼び掛けの言葉の語呂合わせを完全にはずし、呼び掛けの歌には全くない〈風三郎〉や〈又三郎〉という名前が持ち出されている。それに対し、

狐の子の紺三郎がいかにもばかにしたやうに、口を尖らして云ひました。

「あれは鹿の子です。あいつは臆病ですからとてもこっちへ来さうにありません。けれどもう一遍叫んでみませうか。」

と、子狐の紺三郎は子鹿の反応にあからさまな不満を示しながら、それでも子鹿をかばい四郎とかん子に、ふたたび呼び掛けを促す。

そこで三人は又叫びました。

「堅雪かんこ、凍み雪しんこ、しかの子ぁ嫁ほしい、ほしい。」

するとこんどはずうっと遠くで風の音か笛の声か、又は鹿の子の歌かこんなやうに聞こえました。

「北風ぴいぴい、かんこかんこ
　西風どうどう、どっこどっこ。」

返ってきた〈かんこかんこ〉という子鹿の反応に、やや関心を示す点がみられなくはない。しかし、風か笛か歌かはなはだ不鮮明な、全体として焦点のずれた歌になっているのである。ここでは三人の意向を子鹿が拒否した形になり、自ずと遊びは不成立に終わるのである。

注

（1）本節ではこの雑誌発表形を取らず、校本全集第十一巻の〈発表後手入形〉に依った。但し、ルビはすべて省いた。
（2）『注文の多い料理店』「広告ちらし（大）」、校本全集第十一巻〈童話Ⅴ・劇その他〉「校異」388〜390頁、参照。
（3）「狐考」（「四次元」29、昭和27・6）
（4）「『雪渡り』と『注文の多い料理店』」（「児童文芸」昭53・9）
（5）「宮沢賢治の童話の世界」（「文学」昭39・2）

（6）「『雪渡り』論」（『宮沢賢治童話の世界』昭52・3、すばる書房）
（7）「賢治童話事典」の〈雪渡り〉の項（「別冊國文學№6　宮沢賢治必携」昭55・5）
（8）前掲注（4）論
（9）前掲注（4）論

【付記】　本節は、校本全集第十一巻〈童話Ⅴ・劇その他〉に依った。

第二節　「おきなぐさ」

―無償の生の有様―

はじめに

「おきなぐさ」は《花鳥童話》の中の一篇として知られている作品である。校本全集「校異」（第八巻）に示されたこの作品の《現存稿》（清書後手入稿）を見ると、賢治がこの原稿の裏表紙に《花鳥童話》と記して、他の十一篇（但し、その内「一力金剛石」は後に抹消している）とともに列記していることが分かる。

このことは、『注文の多い料理店』と同様の童話群の構想を思わせて興味深い記述であるが、童話群に関する考察はひとまずおいて、ここでは「おきなぐさ」とそれに関連する作品について、若干の考察を試みてみたい。

一

作品の成立については《花鳥童話》群そのものとも関連しており、確定的なことは言えない。ただ、それとは異なる作品との関連として、作品中に「永訣の朝」との類似表現（後出）があることから考えて、《現存稿》は少なくとも妹とし子の死（大正十一年十一月）以後に書かれたものと考えられる。

さて作品の評価は、これまで《花鳥童話》群を論ずる中で取り上げられる場合が多く、一篇の独立した作品として論じられることが、ほとんどなかったといってよい。管見によれば、そうした評価史の中で唯一天沢退二郎が〈作品論〉的視点から言及しているにすぎない。新修版全集第九巻の「解説」（昭54・7、筑摩書房）がそれだが、そこで天沢は《花鳥童話》群の中にも〈死と美〉を軸にする一群の作品を見出して、とりわけ〈果実や種子の散乱〉をモチーフとする作品として「いてふの実」とともにこの作品を掲げ、ともに〈死の主題〉あるいは〈《死の主題》への傾斜〉を指摘している。

〈おきなぐさ―うずのしゅげ〉（以下〈うずのしゅげ〉に統一）の種子の散乱→その魂の昇天→変光星というプロットの展開は、どのようなテーマを内包しているのか。明らかなのは描かれた結末が転生であるということである。が、それが主題であるとも思われない。むしろここでは、なぜ〈うずのしゅげ〉の種子の散乱を〈転生〉として提示したのかを考える必要があろう。換言すれば〈うずのしゅげ〉の何が転生たるべきものであったのかということになろう。結末が転生である、あるいは天沢氏のいうところの死であるということが、主題であるわけではない。

前述した作品の成立をみると、妹とし子の死といった事件を経ることなしに、この作品（少なくとも《現存稿》）は書かれなかったといえるし、またその死にまつわる事柄が作品の背後にあって、登場人物、モチーフ、テーマ等々の多面にわたって、色濃く投影していると考えられる。今かりにこの妹の死にまつわる作家の私的事情を〈私性〉と呼ぶが、テーマの必然性は多くこの〈私性〉と深くかかわることで提示されていると考えられる。

とはいえ、例えば妹の鎮魂歌である《無声慟哭》詩群を見る時、その魂の救済の祈願は、当然のことながら〈わたくし＝詩人〉がその全てを担っていたのに比して、この作品での視点人物〈私〉は、必ずしもそうした作家の〈私性〉を担った人物設定とはなってはいない。むしろ〈私〉はもっぱら傍観者的位置にあって〈うずのしゅげ〉と〈ひばり〉との関係を軸として、それに〈蟻〉や〈山男〉や〈お日さん〉を配することで浮かびあがる事柄を跡付ける者であり、また一歩退いた語り手の位置にあるともいえる人物である。

そうしてみると、この作品は作家の〈私性〉の介在を許しながら、それを登場人物それぞれに分化し、しかも最終的に〈私〉の語りの中で統一する形で、主題を提示する構造を持つ作品といえる。

二

この作品は内容上、大きく二つに分けて考えることができる。それは視点人物〈私〉の〈うずのしゅげ〉をめぐる昨年の見聞体験が描かれている部分と、その体験に基づいての現在時の感慨と、〈うずのしゅげ〉の種子の散乱をめぐっての〈私〉の考えが述べられた部分とからなる。もっともさらに前者は春と夏との体験とに、後者もまた見聞体験の再確認の感慨が述べられる冒頭の部分と、〈うずのしゅげ〉の種子の散乱にともなうその魂の昇天＝変光星になると跡付ける終末部分とに、それぞれ細分化して考えることもできるであろう。

作品の時間の流れを念頭においてその構造を見てみると、昨年の〈私〉の春と夏との見聞体験をはさんで、その〈私〉の体験に基づく現在時の感慨が語られている部分と、それによって導き出される〈うずのしゅげ〉の転生に至る〈私〉の考えが述べられる部分とが、ちょうどブックエンドのように置かれている。

この作品での〈うずのしゅげ〉の種子の散乱は、自然界における生→死→再生といった循環行程の一つの局面である死を描いているわけではないし、その意味で《花鳥童話》の一篇である「いてふの実」における〈果実の散乱が次なる生への出発〉（同前掲、新修版全集第九巻「解説」）とは異なった死の提示である。結末に明らかにされているが、そこでの〈うずのしゅげ〉の種子の散乱はその魂の昇天→変光星となるというように、永遠の死、あるいは全く異なるものに生まれ変わる転生として示されている。

終末の〈うずのしゅげ〉の転生は、〈私〉の考えとして示されるが、その考えは、それに先立つ〈ひばり〉の天空への飛翔と〈みぢかい歌〉をうたう行為が深くかかわっているだけでなく、そうした昨年の見聞体験をもつ〈私〉の感慨にさらに現在時の〈蟻〉の発言や〈山男〉の存在性とが加味されることで、はじめて導き出されたものであるといえよう。

つまり〈うずのしゅげ〉が変光星になるという転生に至る過程《プロセス》を明らかにするためには、昨年の〈私〉の見聞体験の内実を形成する〈うずのしゅげ〉をめぐる〈ひばり〉や〈お日さん〉の関係を辿り、さらにその見聞体験に基づく現在時の〈私〉の感慨に、どのように〈蟻〉や〈山男〉がかかわってくるのかを明らかにする必要があるであろう。

昨年の〈私〉の見聞体験は、春・夏いずれも〈ひばり〉と〈うずのしゅげ〉との対話を軸としている。〈私〉はその対話に全く関与せず、ひたすら傍観者の位置にいる。

春、風がすきとおるある日の昼間に〈私〉は、小岩井農場の南にある七つ森の西の際で、枯草の中に咲く二本の黒い花をつけた〈うずのしゅげ〉を見出す。白雲が東へ飛びその度にみえかくれする〈お日さん〉が、それでも〈大きな宝石のやうに蒼ぞらの淵〉にかかる。〈山脈の雪はまっ白に燃え〉、野原は季節の彩りをみせ田畑はすでに耕されている。そうした風景の中で〈私〉は二本の〈うずのしゅげ〉の対話を聞きその様子を捉える。

そこでは二本の〈うずのしゅげ〉が〈変幻の光の奇術《トリック》〉という、太陽と雲と風のおりなすまるで〈まはり燈籠〉のような光景に驚き、歓喜の声を上げる様子や、〈ほんたうに風はおもしろさう〉といい〈飛んで見たい〉と風をめぐって互いに無邪気に言い合う、あどけなくも純朴なその姿が捉えられている。〈私〉の現実から幻想〈異空間〉への転換が、他の作品に多く見られるように、ここでも〈風〉が担っており、現実の幻想化あるいは幻想の現実化が見事に展開している。

そんな〈うずのしゅげ〉に対し、西の空から飛来した〈ひばり〉は〈「飛べるどころぢゃない。もう二ケ月お待ちなさい。いやでも飛ばなくちゃなりません。」〉と、切迫した含みのある予告をする。〈ひばり〉の予告は、そのまま〈うずのしゅげ〉の種子の散乱の伏線と見ていいけれども、その予告で明らかになった未来を予知し得ないものと熟知するものとの対照的な姿を傍観する〈私〉をも惹きつけている点を見逃してはなるまい。

ただ二ケ月後に〈うずのしゅげ〉が〈いやでも飛ばなくちゃなりません〉という〈ひばり〉の予告は、必ずしも三者に共通した事柄としてあったわけではないのである。二ケ月後の〈うずのしゅげ〉の種子の散乱に、もっとも自覚的であったのは〈ひばり〉その者以外ではなく、〈うずのしゅげ〉も〈私〉も、単なる未知の事柄―しかも〈私〉の側からすれば、その予告に対して強い関心を持ったということであるにすぎない。

ところが、二ケ月後の〈うずのしゅげ〉は、すでに飛ぶことを自覚するものとして描かれている。春に東から吹いていた風がすでに南風に変わり、今二つの花の咲く丘はすっかり夏の光景に変わっている。〈うずのしゅげ〉は〈ふさふさした銀毛の房〉になって、今にも飛び立ちそうな様子である。そこに飛来したあの〈ひばり〉と次のような対話が交わされる。


「今日は。い丶お天気です。どうです。もう飛ぶばかりでせう。」

「え丶、もう僕たち遠いところへ行きますよ。どの風が僕たちを連れて行くかさっきからみてゐるんです。」

「どうです。飛んで行くのはいやですか。」

「なんともありません。僕たちの仕事はもう済んだんです。」

「恐かありませんか。」

「い丶え、飛んだってどこへ行ったって野はらはお日さんのひかりで一杯ですよ。僕たちはばらばらにならうたってどこかのたまり水の上に落ちやうたってお日さんちゃんと見ていらっしゃるんですよ。」


〈ひばり〉の問いかけに対する〈うずのしゅげ〉の応答は、きわめて明解でありそれだけに今飛ぶことの、そして〈僕たちの仕事はもう済んだ〉ことの内実を、明確に自覚していることを示している。なしうる自分たちの仕事を終えたという自覚が、飛ぶことを促しているのである。分明ではないが〈うずのしゅげ〉の仕事とは、生まれ咲き続けたその生の総体を、ここでは意味していると考えられ、しかも生の充足感がある故に、種子の散乱＝死の自覚に至ったといえるであろう。

また同系列の「いてふの実」もそうであったが、〈お日さんちゃんと見ていらっしゃる〉とお日様の慈愛に見守られているという信念ともいえる思いが、ここでも〈うずのしゅげ〉の種子の散乱の不安や恐怖を、心から取り去ってくれていることも忘れてはならないことであろう。

三

さて〈うずのしゅげ〉の種子の散乱にかかわる、もっとも重要な位置にある〈ひばり〉について考察を進めてみる。〈うずのしゅげ〉に深くかかわる存在としてだけでなく、例えば「めくらぶだうと虹」の〈調子はづれの歌〉をうたう〈ひばり〉とは全く異なった位置を与えられ、この作品の主題を担うのである。すでに〈ひばり〉について明らかなことは、二ケ月後の〈うずのしゅげ〉の運命を予知するもの、その結末＝種子の散乱を熟知するものであったということである。

しかし、夏における〈ひばり〉は種子の散乱が死であるという、確定的事象としてのみ〈うずのしゅげ〉の運命を見守るだけの存在では決してない。この作品での〈ひばり〉は「いてふの実」の、あの母なる樹に近い存在であることをまず印象づける。

「いてふの実」において、果実＝子供たちの落果が死であることを分かっている母なる樹が、悲しみをうかべたなりにじっと立ちつくしそのことに耐える姿が描かれていた。その母なる像に重なるように、この作品での〈ひばり〉もまた〈うずのしゅげ〉の種子の散乱に際して〈なんにもこはいことはありません〉とやさしくいたわりの言葉をかけながら、ついに死を口にすることがないのである。そして死を口にすることがないだけに〈ひばり〉の内面は、逼迫した状況にあるといえる。

次の部分は〈うずのしゅげ〉が、やさしくいたわりの言葉を〈ひばり〉にかけられて、いよいよ飛び立とうとする作品のクライマックスの場面である。


「えゝ、ありがたう。あゝ、僕まるで息がせいせいする。きっと今度の風だ。ひばりさん、さよなら。」

「僕も、ひばりさん、さよなら。」

「ぢゃ、さよなら、お大事においでなさい。」

　奇麗なすきとほった風がやって参りました。まづ向ふのポプラをひるがへし　青の燕麦《オート》に波をたてそれから丘にのぼって来ました。

　うずのしゅげは光ってまるで踊るやうにふらふらして叫びました。

「さよなら、ひばりさん、さよなら、みなさん。お日さん、ありがたうございました。」


天沢退二郎が〈種子の散乱=死の主題がおののくばかりの筆致で描き出されている〉（同前掲、新修版全集第九巻「解説」）と、いみじくも指摘する点は、まさにこうした〈うずのしゅげ〉と〈ひばり〉の別離の刹那に歴然としている。ここには〈うずのしゅげ〉の散乱直前の、息詰まる生の燃焼の輝きと陶然とした躍動の姿が狂おしいまでに鮮やかに描かれているといってよいだろう。

やはりこの点に関して天沢退二郎が、入沢康夫との対談の中で、旅立ち直前の前掲の会話に触れて、それは〈死に魅入られたようなせりふ〉であり、そこに〈厳しい状態にある時間〉や〈切ない状態で何かを求〉めること、あるいはそれによって〈自分の意志〉ではなく〈ある転身をもたらされる〉（対談「賢治童話の世界」、「ユリイカ」昭52・9）といった主題が示されていると述べている。天沢氏のこの指摘は、この作品の特質を鋭く突いたものと言えよう。

それは作品全体にかかわるというよりも、この作品の中で最も突出したといっていい場面の、濃密な逼迫した時間における〈うずのしゅげ〉の、生を燃焼しつくそうとする刹那の姿が描かれている。《花鳥童話》の魅力は、作家の宗教的理念や、そこに描かれる動物への限りない愛情の諸相、あるいは作品そのものが担う主題等だけでなく、こうした作品を構成する時間、あるいは空間の濃密な描写にあるとも言える。その意味で〈うずのしゅげ〉の、今まさに生を燃焼し尽くそうとする刹那の姿を伝える息詰まる時間の濃密さは見事という他ないのだが、それに呼応するように〈うずのしゅげ〉の種子の散乱を追うように飛翔する〈ひばり〉の姿を、次のように捉える。

丁度星が砕けて散るときのやうにからだがばらばらになって一本づつの銀毛はまっしろに光り、

羽虫のやうに北の方へ飛んで行きました。そしてひばりは鉄砲玉のやうに空へとびあがって鋭いみぢかい歌をほんの一寸歌ったのでした。

と、〈ひばり〉の飛翔の軌跡とそれにともなう歌う行為が描かれる。注目すべきなのは〈うずのしゅげ〉の種子が飛び去った〈北の方〉ではなく、何故〈ひばり〉は空へ飛んだのかという点であろう。

さし当ってその理由は、作品の終末において〈私〉が〈ひばり〉の飛翔を意味づける中で明らかにしているように、〈二つのうずのしゅげのたましひが天の方へ行ったから〉ということになるが、その〈私〉の意味づけは少なくとも昨年のその見聞体験の後に、後述する〈蟻〉や〈山男〉とのかかわりなしには成立しないものであるから、むしろ別離の歌をうたう〈ひばり〉の心情の内奥にひそむものこそが、〈私〉の意味づけに先立って空へという方向の必然を示していると考えるべきである。

それに関連する〈ひばり〉と〈うずのしゅげ〉の夏の対話の中に、非常に興味深いものがある。〈ひばり〉が飛ぶ直前の〈うずのしゅげ〉に、やさしくいたわりの言葉をかけながら、次のように言うところである。

「さうです、さうです。なんにもこはいことはありません。僕だってもういつまでこの野原に居るかわかりません。もし来年も居るやうだったら来年は僕はこゝへ巣をつくりますよ。」

〈この野原〉といい〈こゝへ巣をつくります〉といい、それにしても何故〈ひばり〉はここにこだわるのだろうか。そのこだわりは重要なことを内包している。つまり〈ひばり〉のここにこだわることの内には、諸共にあらんとする共在の念が存在するということであり、しかし同時に厳然とした別離の認識を抱かざるを得ないのが、ここでの〈ひばり〉の置かれた状況である。〈うずのしゅげ〉に対しての、そうした不可避的位置にある〈ひばり〉の内情からすれば、今種子の散乱した〈北の方〉へ向かわず空へと飛翔し、かつ別離の歌をうたうのは、自らがなしうる最後の行為として、〈うずのしゅげ〉の二つの魂の昇天の祈りと願いを、そこに込めているものとみることができる。換言すれば、〈うずのしゅげ〉の魂の昇天の祈願が、必然的に方位として空へと〈ひばり〉を飛翔させたのであり、しかも鎮魂の歌＝別離の歌がそえられているのである。

ところでこの〈ひばり〉に、天沢退二郎は〈妹の死の際に《まがったてっぽうだまのやうに》外へとび出してみぞれをとってきたあの詩人の影〉（同前掲、新修版全集第九巻「解説」。傍点＝原文）を認める。前述した作家の〈私性〉と深くかかわってくる点だが、「永訣の朝」において〈みぞれ〉を懇願する妹の真意をはかりかね、とまどう詩人の姿が〈まがったてっぽうだまのやうに〉という直喩に如実に反映していたと同様、共在の念を抱きながら別離を認識せざるを得ない〈ひばり〉もまた、その逼迫した内情を示すかのように、〈鉄砲玉のやうに空へとびあがって鋭いみぢかい歌〉をうたうのである。そうした「永訣の朝」とこの作品との対応は、他にも指摘できるけれども、作品相互の対応関係、あるいは比較が本節の目的ではないので、論考を先に進める。

四

前述した〈ひばり〉による〈うずのしゅげ〉の魂の昇天の祈願が、ではそのまま〈私〉の変光星になるという考えになるかというとそうではない。それだけでなく〈ひばり〉の行為の担った魂の昇天の祈願を、昨夏の〈私〉が充分認識していたかも分明ではない。むしろ究極的に〈ひばり〉に魂の昇天の祈願の行為（性）を認識し、また転生の問題としてそれと関連する変光星になると〈私〉が考えるに至るには、さらに現在時における〈蟻〉や〈山男〉の存在を必要とする、と考えるのが自然のようである。

〈蟻〉と対話し〈山男〉の姿を捉える〈私〉は、昨年の〈うずのしゅげ〉と〈ひばり〉に関する、春と夏の見聞体験を経た者として、ある一つの思いを抱いている人物と考えられるふしがある。それは作品冒頭の〈うずのしゅげ〉のナレーション、それに続く〈蟻〉との対話や〈山男〉の姿を捉えるところに明らかである。

　うずのしゅげを知ってゐますか。
　うずのしゅげは植物学ではおきなぐさと呼ばれますがおきなぐさといふ名は何だかあのやさし

い若い花をあらはさないやうにおもひます。

そんならうずのしゅげとは何のことかと云はれても私にはわかったやうな亦わからないやうな気がします。

それはたとへば私どもの方でねこやなぎの花芽をべむべろと云ひますがそのべむべろが何のことかわかったやうなわからないやうな気がするのと全くおなじです。とにかくべむべろという語のひゞきの中にあの柳の花芽の銀びらうどのこゝろもち、なめらかな春のはじめの光の工合が実にはっきり出てゐるやうに、うずのしゅげといふときはあの毛莨科のおきなぐさの黒繻子の花びら、青じろいやはり銀びらうどの刻みのある葉、それから六月のつやつや光る冠毛がみなはっきりと眼にうかびます。（傍点＝筆者）

ここでの〈うずのしゅげ〉に対する〈私〉のナレーションは、一見昨年の見聞体験を懐かしむ、あるいは植物学的にかつ感覚的にそれを捉えている印象を与える。が、むしろ〈やさしい花〉と捉えているように、またそのナレーションに続く部分で〈このうずのしゅげの花をきらひなものはありません〉といった断言は昨年の初発の印象の感慨を根底とするものであるというべきである。換言すれば、昨年の春の見聞体験での〈うずのしゅげ〉の幼ない、無邪気な姿、あるいは夏に種子の散乱に際して、自分たちの仕事は終えたときっぱり言い切った姿など、イメージとそれにともなう感慨が、〈やさしい若い花〉といい、あるいはそれを〈きらひなものはありません〉という言葉に込められているのである。

ところで〈私〉が〈蟻〉と対話し〈山男〉の姿を捉えることで明らかになること、あるいはその両存在の意義とは一体何なのか。それは荒々しい〈山男〉さえも惹きつける〈うずのしゅげ〉を描くことで、誰にも好かれやさしい花であることを示すということであり、〈私〉の初発の印象を再確認させてくれた存在であるということである。

〈私〉が〈蟻〉との対話の中で様々に〈うずのしゅげ〉について問いかけながら、〈「結局お前たちはうずのしゅげは大すきなんだらう」〉といい、それに同意する〈蟻〉の言葉をうけて〈この通りです〉という時の、その〈私〉の物言いの中には、明らかに昨年の見聞体験によって得た初発の印象を探り当てた者の、深い感慨が脈打っているのである。また〈黝んだ黄金の眼玉を地面にじっと向け〈鳥を喰べる〉という獣性を忘れたかのように、ひたすら〈うずのしゅげ〉に魅入られた山男の姿を捉えるところにも、同じ感慨が認められる。

また〈私〉がナレーションの中で、植物学名の〈おきなぐさ〉でなく、ことさら〈うずのしゅげ〉の方言注による呼称に執着するのは、昨年の見聞体験の内実に深くかかわっているからであろう。〈ねこやなぎ〉を〈べむべろ〉と呼ぶその〈語〉の響きに、その存在の全てが包括されると実感していると同様、〈おきなぐさ〉ではなく〈うずのしゅげ〉という方言の語感が、やさしい存在そのものであることを明示すると〈私〉が認識しているからに他ならない。〈おきなぐさ〉から〈うずのしゅげ〉への〈私〉の呼称の転換は、その意味で感覚的把握から、実感に基づくその存在の認識への経緯を示しているともいえる。

このように〈私〉あるいは〈蟻〉や〈山男〉によって〈うずのしゅげ〉は、誰にも好かれるやさしい存在として位置づけられるのである。この三者の共有の眼差しによって捉えられた〈うずのしゅげ〉は、まさに無償の生存在と呼ぶ以外になく、しかもその存在性をもっとも痛切に自覚していたのは、前述したようにその動向からして他ならぬ〈ひばり〉であった。ただ〈私〉の側からすると、昨年の見聞体験の段階で〈ひばり〉の自覚を自己のものとし、あるいは〈ひばり〉の行為が〈うずのしゅげ〉の魂の昇天を担ったものと理解したとは考えにくい面がある。

それというのも〈うずのしゅげ〉の魂が昇天し、ついに変光星になるという作品の結末での〈私〉の転生の考えは、〈蟻〉との対話の中でその地上から天上への視点を認知したことをぬきにしては、考えられないからである。

〈蟻〉はすでに述べたように〈山男〉とともに〈私〉をして、〈うずのしゅげ〉が誰にも好かれるやさしい存在であることを、再確認させるものであった。と同時に〈うずのしゅげ〉が光り輝く存在であるという、重要な視点を示唆するものでもあった。作品冒頭の〈私〉のナレーションに続く〈蟻〉と交わす次のような会話に、それが明らかにされている。

「けれどもあの花はまっ黒だよ。」

「いゝえ、黒くみえるときもそれはあります。けれどもまるで燃えあがってまっ赤な時もあります。」
「はてな、お前たちの眼にはそんな工合に見えるのかい。」
「い、え、お日さまの光の降る時なら誰にだってまっ赤に見えるだらうと思ひます。」

ここでもお日さまの重要さが語られているが、それ以上に地を這う蟻の、地上から天上への視点を私が知ったことの意味は大きいといわねばならない。そして終末での〈私は考えます〉以下は、蟻の視点を自己のものとして初めて成立した、現在時での私の推測と結論ということになる。

蟻の視点を自己のものとした私は、その視点＝考えを昨年の種子の散乱に際してとったひばりの〈空の方〉への飛翔の方位と、別離の歌を歌う行為に逆照射して、〈うずのしゅげのたましひが天の方へ行ったから〉とし、〈追ひつけなくなったときひばりはあのみぢかい別れの歌を贈ったのだらう〉と推測を進め、さらにその魂の行方について〈二つの小さなたましひ〉が〈小さな変光星〉になったとする。そして最終的に結論づけて、〈なぜなら変光星はあるときは黒くて天文台からも見えずあるときは蟻が云ったやうに赤く光って見えるから〉と、蟻の視点を根拠として提示するに至るのである。

おわりに

この作品で賢治は、妹の死をめぐる〈私性〉をひばりへの自己投影という形で介在させている。しかしうずのしゅげの無償の生の救済という主題は、ひばりがその全てを担っているわけではない。それは、ひばりを軸としながら私をふくめた他の存在をぬきさしがたい形でかかわらせる中で、うずのしゅげの変光星への転生という宗教的理念として提示されているのである。

注　この方言について〈「うずのしゅげ」岩手方言「おんずうのひげ」（老翁の髭）の意。〉との小野隆祥の指摘（『宮沢賢治の思索と信仰』昭54・12、泰流社）がある。

〔参考文献〕

・森　荘已池「おきなぐさ」について（「六甲」昭18・7）
・天沢退二郎「宮沢賢治　花鳥童話集」（「國文學」昭45・8）
・入沢康夫・林　光・天沢退二郎　共同討議「宮沢賢治の童話世界」（「ユリイカ」昭52・9）
・天沢退二郎「解説」（新修版『宮沢賢治全集』9、昭54・7）

〔付記〕　本節は、校本全集第八巻〈童話Ⅱ〉に依った。

第三節　「虔十公園林《けんじふこうえんりん》」を読む

―自然への覚醒と生きた証―

はじめに

この作品は、作者の希求したデクノボーを描く作品系列の一つである。注 デクノボーについては、目配りの利いた工藤哲夫「デクノボウをめぐって」（『賢治論考』平7・3、和泉書院）があるが、多くの子どもたちを喜ばせ、大人たちに〈本統のさいはひ〉を教える杉並木を造った虔十の、それを讃える伝記といってもいい。

一

この作品を読み解く視点の一つは、作品の冒頭と結末に描かれる自然に対する語り手の賞賛である。言うまでもなく主人公虔十との関わりにおいてのそれである。まず作品の冒頭を見ると、輝く自然と虔十との結びつきの深さが描かれている。

虔十はいつも縄の帯をしめてわらって杜の中や畑の間をゆっくりあるいてゐるのでした。

雨の中の青い藪を見てはよろこんで目をパチパチさせ青ぞらをどこまでも翔けて行く鷹を見付けてははねあがって手をたゝいてみんなに知らせました。

（中略）

風がどうと吹いてぶなの葉がチラチラ光るときなどは虔十はもううれしくてうれしくてひとりでに笑へて仕方ないのを、無理やり大きく口をあき、はあはあ息だけついてごまかしながらいつまでもそのぶなの木を見上げて立ってゐるのでした。

時にはその大きくあいた口の横わきをさも痒いやうなふりをして指でこすりながらはあはあ息だけで笑ひました。

また結末では、虔十の植林＝結果としての公園林の素晴らしさが描かれており、それに重ねた自然に対する語り手の賞賛が次のように描かれている。

全く全くこの公園林の杉の黒い立派な緑、さわやかな匂、夏のすゞしい陰、月光色の芝生がこれから何千人の人たちに本統のさいはひが何だかを教へるか数へられませんでした。

そして林は虔十の居た時の通り雨が降ってはすき徹る冷たい雫をみぢかい草にポタリポタリと

落としてお日さまが輝いて新らしい奇麗な空気をさわやかにはき出すのでした。

冒頭は、自然の中でアイデンティティーを得た虔十が描かれ、また結末は、虔十の残した杉並木〈第二の自然〉への人々の賞賛する様子が描かれている。この作品が、主人公の成し遂げたことと共に、虔十の関わる自然の持つ意味をぬきには語れない所以である。

二

この作品の読みのポイントは、主人公虔十と自然との関わりの深さにあり、全てはそこに発している。冒頭に描かれた虔十の姿の一つは、自然の中で喜びうれしがって〈笑う〉虔十が、それを見て馬鹿にして笑う子供たちの、嘲笑の対象としてのそれでもある。

けれどもあんまり子供らが虔十をばかにして笑ふものですから虔十はだんだん笑はないふりをするやうになりました。

（中略）

なるほど遠くから見ると虔十は口の横わきを掻いてゐるか或ひは欠伸でもしてゐるかのやうに見えましたが近くではもちろん笑ってゐる息の音も聞こえましたし唇がピクピク動いてゐるのも

わかりましたから子供らはやっぱりそれもばかにして笑ひました。

しかし重要なのは、子供たちから笑われる対象としての虔十ではなく、自然の中にあって体感した、喜び嬉しがりいつも笑っている彼の表情や行動そのものである。そこから読み取れるものは、虔十が人間といる時より、自然の直中にあってはじめて生の充足（至福の時）を得ているということである。視点を変えて言えば、自然との一体化による生の充足を、虔十は《笑う》という形で体現しているのである。

子供の嘲笑の対象になりながらも、自然の直中で生の充足を実感する虔十は、ある時重要なことに思い当たる。冒頭に続く部分に描かれているように、それは己に生の充足を与えるもの＝自然を、自らの手で造りだそうという思いである。その自然の中での覚醒は、いうまでもなく杉を植林する（第二の自然を作る）ことである。しかもそれがその後の虔十の、生涯を決定づける生き甲斐や成すべき何かとなるのである。その時の様子は次のように描かれている。

さて、虔十の家のうしろに丁度大きな運動場ぐらゐの野原がまだ畑にならないで残ってゐました。

ある年、山がまだ雪でまっ白く野原には新らしい草も芽を出さない時、虔十はいきなり田打ちをしてゐた家の人達の前に走って来て云ひました。

「お母《があ》、おらさ杉苗七百本　買って呉《け》ろ。」

　虔十のおっかさんはきらきらの三本鍬を動かすのをやめてじっと虔十の顔を見て云ひました。

「杉苗七百ど、どごさ植ぇらぃ。」

「家のうしろの野原さ。」

　そのとき虔十の兄さんが云ひました。

「虔十、あそごは杉植ぇでも成長《おが》らなぃ処だ。それより少し田でも打って助《す》けろ。」

　虔十はきまり悪さうにもじもじして下を向いてしまひました。

　すると虔十のお父さんが向ふで汗を拭きながらからだを延ばして
「買ってやれ、買ってやれ。虔十ぁ今まで何一つだて頼んだごとぁ無ぃがったもの。買ってやれ。」と云ひましたので虔十のお母さんも安心したやうに笑ひました。


　冬に植林しようと虔十が思い至ったのは、他の季節では当然のように謳歌している自然の息吹が、もっともそのなりを潜めているからである。親に杉苗を買ってくれとせがむ虔十の唐突な言動は、切実な思いがあるだけに、これまでの日常では見せたことのないひたむきさがある。虔十のこの申し出は、ある意味で虔十の家族関係の有様をも浮かび上がらせている。虔十は母に申し出ているように、決して父親には言えないという遠慮が働いている。そして遠慮という点では母親も同じで、虔十に答えてやりたくてもできないのである。兄の〈虔十、あそごは杉植ぇでも成長らなぃ処だ。それより少し田でも打って助けろ〉という、母親と虔十との会話に割って入った物言いは、助言や忠告でもあるが、やはりそこには長男としての父親への配慮が多分にある。

虔十がその中で生きてきたこの家族は、当時の東北の農村に典型的な、家父長制が厳然としているように見える。ただ注目すべきはその中にあって、この時の父親の〈買ってやれ、買ってやれ。虔十ぁ今まで何一つだて頼んだごとぁ無ぃがったもの。買ってやれ〉という一言である。それは母親の〈安心〉という救いになっただけではない。作品の中に、言いつけられれば虔十は水汲みも草取りもやったが、親はなかなか言いつけなかったと描かれている。おそらくそこには知恵遅れのわが子に対する親の遠慮（不憫という思い）が働いている。父の先の一言の中に、そうしたわが子に対する父親の思惑が示されているのである（この点については、さらに後述する）。

三

ところで自然を通して覚醒し、己を運命づける植林の行為は、たとえ無自覚であったとしてもその生涯を通して唯一と言っていい虔十の、世界に対する主体的働きかけにほかならない。しかし虔十の植林の行為と見守る育林の過程には、いくつかの障害（試練）が待ち構えている。

まず最初の試練は、虔十の選んだ植林の場所であった。虔十は家の空き地である野原（芝原）を選ぶが、そこは家の北側であり、選んだのが陽樹の杉であったこと、またその土壌が粘土質であることなど、ことごとく杉の植林の一般常識からは大きく外れているのである。

また妨害といっていい一つは、その植林の非常識をあげつらい、文句を言い暴言を吐き乱暴するのが隣家の平二である。兄の助力もあって無事植林をした後に、次のような虔十と平二のやりとりがある。

その時野原の北側に畑を有ってゐる平二がきせるをくわいてふところ手をして寒さうに肩をすぼめてやって来ました。平二は百姓も少しはしてゐましたが実はもっと別の、人にいやがられるやうなことも仕事にしてゐました。平二は虔十に云ひました。

「やぃ。虔十、此処さ杉植るなんてやっぱり馬鹿だな。第一おらの畑ぁ日影にならな。」

虔十は顔を赤くして何か云ひたさうにしましたが云へないでもじもじしました。

すると虔十の兄さんが、

「平二さん、お早うがす。」と云って向ふに立ちあがりましたので平二はぶつぶつ云ひながら又のっそりと向ふへ行ってしまひました。

ここでの平二の苦言は実は的を得ている。それは前に少し触れたが、陽樹の杉を土壌が粘土質のしかも北側に植えたことであり、植えた場所が平二の家の南側に接するところ（平二はそこに畑を作っており、両家の境界になるところ）であったからである。それだからだろう、平二は文句にとどまらず以後根に持ち続けるのである。杉を植えて七、八年近くも経ったある秋の日に、虔十は平二に暴力をふるわれるのである。


ところがある霧のふかい朝でした。

虔十は萱場で平二といきなり行き会ひました。

平二はまはりをよく見まはしてからまるで狼のやうないやな顔をしてどなりました。

「虔十、貴さんどごの杉伐れ。」

「何してな。」

「おらの畑ぁ、日かげにならな。」

虔十はだまって下を向きました。平二の畑が日かげになると云ったたって杉の影がたかで五寸もはいってはゐなかったのです。おまけに杉はとにかく南から来る強い風を防いでゐるのでした。

「伐れ、伐れ、伐らないが。」

「伐らない。」

虔十が顔をあげて少し怖さうに云ひました。その唇はいまにも泣き出しさうにひきつってゐました。実にこれが虔十の一生の間のたった一つの人に対する逆らひの言だったのです。

ところが平二は人のいゝ虔十などにばかにされたと思ったので急に怒り出して肩を張ったと思

ふといきなり虔十の頬をなぐりつけました。どしりどしりとなぐりつけました。
虔十は手を頬にあてながら黙ってなぐられてゐましたがたうたうまはりがみんなまっ青に見えてよろよろしてしまひました。すると平二も少し気味が悪くなったと見えて急いで腕を組んでのしりのしりと霧の中へ歩いて行ってしまひました。

この隣家の平二は、作中〈百姓も少しはしてゐましたが実はもっと別の、人にいやがられるやうなことも仕事にしてゐました〉という意味深長な描写を含め、あまりよく分からない閉ざされた人物である。その平二の苦言に逆らい乱暴に耐える姿を、〈実にこれが虔十の一生の間のたった一つの人に対する逆らひ〉だったと、語りは伝えている。そこに現れているのは、虔十の杉並木に対する思い入れの強さや深さである。

その上周囲の大人の無視や無理解が描かれている。

その芝原へ杉を植えることを嘲笑《わら》ったものは決して平二だけではありませんでした。あんな処に杉など育つものでもない、底は硬い粘土なんだ、やっぱり馬鹿は馬鹿だとみんなが云って居りました。
それは全くその通りでした。杉は五年までは緑いろの心《しん》がまっすぐに空の方へ延びて行きましたがもうそれからはだんだん頭が円く変わって七年目も八年目もやっぱり丈が九尺ぐらゐでした。

またこれは死後のことだが、押し寄せる周辺の都市化・住宅化＝近代化による杉並木の危機も描かれている。

次の年その村に鉄道が通り虔十の家から三町ばかり東の方に停車場ができました。あちこちに大きな瀬戸物の工場や製糸場ができました。そこらの畑や田はずんずん潰れて家がたちました。いつかすっかり町になってしまったのです。

四

しかしそうした障害を、主に両親・兄たちの支えによって、虔十は助けられ克服して行くのである。しかも育ちの芳しくない杉並木が、それにもかかわらず子供たちの溜まり場・遊び場にまでなり、その存在意義を主張し続ける。

まず肉親の理解や支え、助言・助力について見ておく。すでに触れた、

「買ってやれ、買ってやれ。虔十ぁ今まで何一つだて頼んだごとぁ無ぃがったもの。買ってやれ。」

という、父の理解と援助がまずある。また、虔十が無理にも杉の植林をしようとすると、兄がやって来て、適切な助言を与え助力する様子が描かれている。

虔十の兄さんがあとを追って来てそれを見て云ひました。
「虔十、杉ぁ植る時　掘らないばわがないんだぢゃ。明日まで待て。おれ、苗買って来てやるがら。」（中略）そして虔十はまるでこらえ切れないやうににこにこ笑って兄さんに教へられたやうに今度は北の方の堺から杉苗の穴を掘りはじめました。（略）虔十の兄さんがそこへ一本づつ苗を植えて行きました。

兄の虔十への助言・助力はその後も続き、植林の七、八年後のこととして、虔十を支えるその姿が描かれている。

そこへ丁度虔十の兄さんが畑から帰ってやって来ましたが林を見て思はず笑ひました。そしてぼんやり立ってゐる虔十にきげんよく云ひました。
「おう、枝集めべ、い丶焚ぎものうんと出来だ。林も立派になったな。」

この場面は、虔十が杉の枝打ちをした時のもので、兄は言うまでもなく育林に一生懸命な弟を励ましているのである。

これはあるいは否定的な事柄かも知れないが、この枝打ちについて、先立ってある〈ひとりの百姓〉の助言があった。それは次のように描かれている。

　ある朝虔十が林の前に立ってゐますとひとりの百姓が冗談に云ひました。
「お、い、虔十。あの杉ぁ枝打ぢさなぃのか。」
「枝打ぢていふのは何だぃ。」
「枝打ぢつのは下の方の枝山刀で落すのさ。」
「おらも枝打ぢするべがな。」
　虔十は走って行って山刀を持って来ました。

この助言は、〈冗談に云ひました〉とあるように、実は裏に皮肉や揶揄があると取れるのだが、当の虔十は疑いもせず素直に従うのである。

また子供たちの〈あそび場〉となった杉並木は、同じ時期の頃として次のように描かれている。

　ところが次の日虔十は納屋で虫喰い大豆《まめ》を拾ってゐましたら林の方でそれはそれは大さわぎが

聞こえました。

あっちでもこっちでも号令をかける声ラッパのまね、足ぶみの音それからまるでそこら中の鳥も飛びあがるやうなどっと起るわらひ声、虔十はびっくりしてそっちへ行って見ました。

すると愕ろいたことは学校帰りの子供らが五十人も集って一列になって歩調をそろへてその杉の木の間を行進してゐるのでした。

全く杉の列はどこを通っても並木道のやうでした。それに青い服を着たやうな杉の木の方も列を組んであるいてゐるやうに見えるのですから子供らのよろこび加減と云ったらとてもありません、みんな顔をまっ赤にしてもずのやうに叫んで杉の列の間を歩いてゐるのでした。

その杉の列には　東京街道ロシヤ街道それから西洋街道といふやうにずんずん名前がついて行きました。


虔十の杉並木が存続した一つの理由が、子供たちの遊び場としてのそれであり、学校の敷地と地続きであったという立地条件も、またあずかって有利に働いている。

ところで未成熟な杉と知恵遅れの虔十は、やはりここではどうしても重なる。虔十の死後、両親はその形見としてそれを見守り続けるが、そこでは虔十の植えた樹木＝その人間性の形象化が図られているといっていい。それについて思い当たるのは、未完成これ完成とする作家の理念であり、その反映がここにはある。また虔十を支え援助する家族や周囲の大人像には、かつてあった知恵遅れの子供を大切にした、日本の農村共同体の慈悲の眼差しが、やはり背景として存在するように思われる。

虔十の家族はそうした点から、限りなく知恵遅れの虔十に最大限の心配り（あるいは遠慮）をした人々という印象がある。当時の家父長制度の長の位置にある父の、従う母の、そして兄（具体的には明示されていないが、実質的に虔十の杉並木を守ったのはこの人物）としての配慮が、虔十の死後も持続していることからも分かる。

五

さてこの作品の不思議と言うしかない事柄は、チブスに罹った虔十の死の（しかも平二も同じ時期に亡くなっているという）唐突な叙述であり、読者を驚かせるように矢継早に作品は展開するという、その後の作品の叙述である。植林し杉並木を育てて七、八年頃のこととして、

> さて虔十はその秋チブスにかかって死にました。平二も丁度その十日ばかり前にやっぱりその病気で死んでゐました。

とある。チブスでのあっけない二人の死が描かれている。主人公と同時にそれに深く関わる人物の死を描くことの真意は、しかし分かりにくい。ただ虔十の死に限って論を先に進めれば、そこには虔十

の行為＝無自覚の善意を、死後の一定の歴史的時間（二十年）の経過の中で意義付け、見定めようとする語り手の意図が仄見える。

六

また二十年という時の集積は、虔十の行為を認定する者の出現を用意する必然的な時間とも読める。しかもその人物は、虔十の無自覚の行為を、内からも外からも認定できる者という設定である。その選ばれた者とは、村の出身者で今はアメリカの大学の教授（博士）という人物である。十五年前に村を出たとあるから、言うまでもなくかつて虔十の杉並木で遊んだ経験のある内部世界（共同体）の目を持つ者であり、と同時に、今は博士でありアメリカの大学で活躍する外部世界の目を持つ人物でもある。

ある日昔その村から出て今はアメリカのある大学の教授になってゐる若い博士が十五年ぶりで故郷へ帰ってきました。

（中略）

「こゝは今は学校の運動場ですか。」

「いゝえ。こゝはこの向ふの家の地面なのですが家の人たちが一向かまはないで子供らの集まるまゝにして置くものですから、まるで学校の附属の運動場のやうになってしまひましたが実はさうではありません。」

「それは不思議な方ですね。一体どう云ふわけでせう。」

「こゝが町になってからみんなで売れ売れと申したさうですが年よりの方がこゝは虔十のたゞ一つのかたみだからいくら困っても、これをなくすることはどうしてもできないと答へるさうです。」

虔十の杉並木のその後（家族によって守られたこと）を聞き、博士が感心する場面である。また博士は、かつてのその人（虔十）のありありとした面影を認めたこととして、次のように描かれている。

するとと若い博士は愕ろいて何べんも眼鏡を直してゐましたがたうたう半分ひとりごとのやうに云ひました。

「あゝ、こゝはすっかりもとの通りだ。木まですっかりもとの通りだ。木は却って小さくなったやうだ。みんなも遊んでゐる。あゝ、あの中に私や私の昔の友達がいないだらうか。」

博士は俄に気がついたやうに笑ひ顔になって校長さんに云ひました。

（中略）

「ああさうさう、ありました、ありました。その虔十といふ人は少し足りないと私らは思ってゐたのです。いつでもはあはあ笑ってゐる人でした。毎日丁度この辺に立って、私らの遊ぶのを見てゐたのです。この杉もみんなその人が植えたのださうです。あゝ全くたれがかしこくたれが賢くないかはわかりません。たゞどこまでも十力《じふりき》の作用は不思議です。こゝはもういつまでも子供たちの美しい公園地です。どうでせう。こゝに虔十公園林と名をつけていつまでもこの通り保存するやうにしては。」

こうして虔十の杉並木に仏の〈十力の作用〉を見た博士は、ここを〈虔十公園林〉にと進言し校長がそれを受け入れ話が進み、それに呼応する内外の賛同者とその浄財が集まり立派な碑が建つのである。

芝生のまん中、子供らの林の前に
「虔十公園林」と彫った青い橄欖岩《かんらんがん》碑が建ちました。
昔のその学校の生徒、今はもう立派な検事になったり将校になったり海の向ふに小さいながら農園を有ったりしてゐる人たちから沢山の手紙やお金が学校に集まって来ました。
虔十のうちの人たちはほんたうによろこんで泣きました。

ここには、無自覚の善意者→賞賛し賛同する者たち→記念碑という図式がある。そうした図式を含む結末部の語りは、何が〈本統のさいはひ〉かを人々に教える杉並木を造った虔十の偉業を讃えるとともに、公園林の相も変わらず〈新しい奇麗な空気をさわやかにはき出す〉、自然の恵みへの賞賛で締めくくられる。

全く全くこの公園林の杉の黒い立派な緑、さわやかな匂、夏のすゞしい陰、月光色の芝生がこれから何千人の人たちに本統のさいはひが何だかを教へるか数へられませんでした。
そして林は虔十の居た時の通り雨が降ってはすき徹る冷たい雫をみぢかい草にポタリポタリと落としてお日さまが輝いて新らしい奇麗な空気をさわやかにはき出すのでした。

注　他に「気のいい火山弾」（生前未発表）があるが、「十一月三日（雨ニモマケズ）」に至る、作家における〈デクノボー〉を究明する上で欠かせない作品である。

〔付記〕　本節は、【新】校本全集第十巻童話［Ⅲ］に依った。

第四節　「谷」を読む
――少年の日の〈通過儀礼《イニシエーション》〉(1)――

はじめに

この作品には、〈私〉の少年の日の得体の知れない恐怖体験が描かれている。冒頭を見ておこう。


楢渡《ナラワタリ》のとこの崖はまっ赤でした。

それにひどく深くて急でしたからのぞいて見ると全くくるくるするのでした。

谷底には水もなんにもなくてたゞ青い梢と白樺などの幹が短く見えるだけでした。

向ふ側もやっぱりこっち側と同じやうでその毒々しく赤い崖には横に五本の灰いろの太い線が入ってゐました。ぎざぎざになって赤い土から喰み出してゐたのです。それは昔山の方から流れて走って来て又火山灰に埋もれた五層の古い熔岩流だったのです。


冒頭のナレーションには島村輝が「宮沢賢治『谷』」（「国文学　解釈と鑑賞」平3・4）で指摘する

通り、〈私〉の恐怖体験の少年時とそれを追憶する現在時とが混在している。この時制の問題は、少年時の一回限りの恐怖体験の鮮烈さの持つ意味を考える上で、なおざりに出来ないものがある。

冒頭の場面は明らかに、現在時の〈私〉の地質学的知識を加えながらのものであるが、しかしそれによっても決して消し去ることのできないかつての鮮烈な体験の回想である。それに比して恐らく初発の〈私〉の恐怖は、体験というふうには対象化できないまでに、言語を絶するものを内包していた。それが〈私〉の、楢渡の崖を覗き込んだ恐怖そのものといえる。

一

楢渡の崖にまつわる〈私〉の体験は、秋枝美保の指摘(2)にもあるとおり、二つのエピソードからなる。具体的エピソードの一つは、馬番の理助に誘われ蕈《きのこ》採りに行った帰り際、〈楢渡の／崖〉＝恐怖の谷を覗かせられる話である。季節は収穫の秋、〈私〉は忙しい家の手伝いをすることもなく、秋の味覚を求めて山に入り野葡萄を見つけて食べていたのである。そこで馬番の理助に出会う。

その様子は次のように描かれている。

　私がはじめてそこへ行つたのはたしか尋常三年生か四年生のころです。ずうつと下の方の野原でたつた一人野葡萄を喰べてゐましたら馬番の理助が欝金の切れを首に巻いて木炭の空俵をしょって大股に通りかかったのでした。そして私を見てずゐぶんな高声で言ったのです。「おいおい、どこからこぼれて此処らへ落ちた？　さらわれるぞ。蕈のうんと出来る処へ連れてってやらうか。お前なんかには持てない位蕈のある処へ連れてってやらうか。」

この場面は、〈（楢渡の崖や蕈の生える山の＝筆者、以下カッコ内小字同じ）ずうっと下の方の野原でたった一人野葡萄を喰べてゐました〉という地理的条件や、理助の〈おいおい、どこからこぼれて此処らへ落ちた？　さらわれるぞ〉という驚いた様子から、尋常三、四年の子供は決して来ないような、来てはいけないような危険な場所に紛れ込んでしまったという印象である。

特に理助の〈さらわれるぞ〉という言葉は、その前の〈おいおい、どこからこぼれて此処らへ落ちた？〉のふざけた・とぼけた物言いの後だけにそうとってもおかしくないが、それはしかし冗談ではなく、下手をしたら山中に迷い込んで行方知れずになってしまう、別の言葉で言えば〈神隠し〉にあうぞと言っているに等しいのである。

そんな場所に〈私〉は行ったというより、葡萄採りに熱中していつしかどこやら（野葡萄の生える野原）へ紛れ込んでしまった、ということなのである。そんな場所に少年の〈私〉を放って置けないという親切心（？）からか、理助は蕈の沢山採れる場所へ連れて行く（＝実はそれは別の意図があった。後述）のである。

理助に促されるまま〈私〉はついて行くのだが、〈私〉に構わず勝手に行く理助の様子や周囲の状況から、その辺一帯は人が通うことのないところで、標のない道なき道を進んで行き、やがて目的の場所である〈柏や楢の林の中の小さな空地〉に至る。そこには〈私〉も〈ぞくぞく〉するほど、〈はぎぼだし〉が密生していて採りたい放題なのである。

しかし理助は、胸をわくわくさせる〈私〉を察知して、蕈に無知な〈私〉をたぶらかし、〈い丶か。はぎぼだしには茶いろのと白いのとあるけれど白いのは硬くて筋が多くてだめだよ〉と、言いくるめるのである。そうとも知らず〈私〉は、羽織にあふれるほど茶色の〈はぎぼだし〉を採るのである。

蕈採りの後帰る途次に、理助が〈私〉を導いたのは身の毛がよだつような〈まっ赤〉な楢渡の崖であった。それこそが蕈採りに〈私〉を誘った理助の隠された意図である。

「さあ戻るぞ。谷を見て来るかな。」理助は汗をふきながら右の方へ行きました。私もついて行きました。しばらくすると理助はぴたっととまりました。それから私をふり向いて私の腕を押へてしまひました。

「さあ、見ろ、どうだ。」私は向ふを見ました。あのまっ赤な火のやうな崖だったのです。私はまるで頭がしいんとなるやうに思ひました。そんなにその崖が恐ろしく見えたのです。

「下の方ものぞかしてやらうか。」理助は云ひながらそろそろと私を崖のはじにつき出しました。私はちらっと下を見ましたがもうくるくるしてしまひました。

「どうだ。こわいだらう。ひとりで来ちゃきっとこ丶へ落ちるから来年でもいつでもひとりで来ちゃいけないぞ。ひとりで来たら承知しないぞ。第一みちがわかるまい。」
理助は私の腕をはなして大へん意地の悪い顔つきになって斯う云ひました。
「うん、わからない。」私はぼんやり答へました。
すると理助は笑って戻りました。

おそらくこの谷は村では禁忌とされている場所なのだろう。〈私〉を蕈採りに誘い楢渡の崖を覗かせる理助は、〈次の春理助は北海道の牧場へ行ってしまひました〉とあるように、馬番の仕事をしながら各地を渡り歩く男で、得体の知れなさを見せながらも興味深い存在である。〈私〉の村のために仕事をしながら、時に自分の利益のためなら村の禁忌を侵すこともする部外者でもある。

禁忌の場というのは地元の人間もあまり近づかず、近づかないからこそその周辺に、大いなる恵みをもたらす場所があったりするのである。ここでは最良の蕈山ということになる。理助が〈私〉を蕈採りに連れて行ったのは、少年を危険から守るといった親切心ではむろんない。彼は秘密裏に儲けになる蕈採りに行こうとした。ところがその近くで〈私〉を発見する。そのことを村に知られるのはまずい。それに少年ごときに最良の蕈山を知られ、まして採られるのはもっとしゃくである。そこで理助が一計をめぐらせて至った目論見は、蕈を採らせはするがその後で谷を覗かせ恐怖を与えることで、決して二度と〈私〉がここに来ないようにするためであったのである。

その恐怖について、天沢退二郎は〈《世界》のへりがもっているあの何ともいえぬこわさ〉（新修版全集第九巻「解説」昭54・7、筑摩書房）と述べている。見方を変えれば、その思惑とは別に、理助は〈私〉に禁忌を侵させた人物ということもできる。

二

第二のエピソードは、翌秋〈私〉が友人慶次郎と二人で蕈採りに出かける＝禁忌の場に再度踏み込む話である。父か祖父かがその近くで炭焼きをしていたことがあったらしく、その手伝いでいったことのある慶次郎は、楢渡の方向が分かっていて〈私〉の話に興味を示し、互いの思惑が一致して、二人は誰にも告げず籠を背負って、胸をわくわくさせながら出かけて行くのである。目的地に着いた二人は、ひとしきり蕈採りに熱中するが、それとは裏腹にその後に待っていたのは、身の毛もよだつ恐怖体験である。

その様子は次のように描かれている。

慶次郎ははじめて崖を見たらしくいかにもどきっとしたらしくしばらくなんにも云ひませんでした。

「おい、やっぱり、すると、あすこは去年のところだよ。」私は言ひました。

「うん。」慶次郎は少しつまらないといふやうにうなづきました。

「もう帰らうか。」私は云ひました。

「帰ろう。あばよ。」と慶次郎は高く向ふのまっ赤な崖に叫びました。

「あばよ。」崖からこだまが返って来ました。

私はにはかに面白くなって力一ぱい叫びました。

「ホウ、居たかぁ。」

「居たかぁ。」崖がこだまを返しました。

「また来るよ。」慶次郎が叫びました。

「来るよ。」崖が答へました。

「馬鹿。」私が少し大胆になって悪口をしました。

「馬鹿。」崖も悪口を返しました。

「馬鹿野郎」慶次郎が少し低く叫びました。

ところがその返事はたゞごそごそっとつぶやくやうに聞えました。どうも手がつけられないと云ったやうにも又そんなやつらにいつまでも返事してゐられないと自分ら同志で相談したやうにも聞えました。

私どもは顔を見合せました。それから俄かに恐くなって一諸に崖をはなれました。

これは、二人で去年の場所で〈はぎぼだし〉を採った後、楢渡の崖を前にした時の場面である。二人は蕈を採った以上に、侵してはならない禁忌の場を侵すことのスリルを味わう。しかしやがて何度も谺を呼んでいるうちに得体の知れない恐怖に襲われ、互いに〈顔を見合せ〉ほうほうの体で逃げ帰るのである。この恐怖体験の意味は単なる体験譚ではなく、少年が青年に至る過程で遭遇する通過儀礼を一方で思わせる。

三

作品の最後は恐い目に遇わないように、〈次の年はたうたう私たちは兄さんにも話して一諸にでかけたのです〉と、素っ気ない〈私〉の語りで締めくくられている。しかしこれも、すでに触れた島村輝が指摘する通り、冒頭の現在の語りの伝える楢渡の谷の不気味な様相は、かつてそこを覗き込んだ少年の日の恐怖の記憶とともに、現在でも依然〈私〉の脳裏からは決して消え去ることがないことを明示している。

注

（1）人の一生に経験する、誕生・青年・結婚・志望などの儀礼習俗（『広辞苑』第二版）。ここでは具体的に作品に即して、少年が成人するために通過する体験としておく。

（2）　秋枝美保「『谷』論」（「国文学攷」88、昭55・12、広島大学国語国文学会）については、紙幅の関係で本論を取り上げ検証することができなかった。しかし禁忌に関わる問題を掘り下げ、適切な論（共同幻想）を展開していて興味深く、農村共同体についてのいくつかの疑問はあったが、この作品（と類似の作品）を論じる上での重要な観点を提示している。

【付記】　本節は、【新】校本全集第九巻童話［Ⅱ］に依った。

第五節　「オツベルと象」
――強迫観念に支配された哀れな男[1]――

はじめに

この作品の読みの視座を筆者はオツベルに置く。この視座は他にもなくはないが[2]紙幅のこともあり、それらを検討し論証しえないことを、あらかじめお断りしておきたい。またこれまでの先行研究の大半に見られる、白象救出劇という図式とは全く逆転した視座で本節は書いている。

つまり、オツベルの白象に抱く強迫観念とその支配・呪縛によって、無意識裡に彼をして徐々に白象を窮地に追いやり、果ては皮肉なことに自らを死に導くという悲劇（喜劇）として、この作品を読んでみたい[3]。

一　象の棲息域と人間の領域

まずこの作品でおさえておくべきことは、オツベルと白象の出会いがどうしてあり得たのかということである。それを確認しておくのは、その後の読みに、特にオツベルを考える上で大切なことである。オツベルと白象とはたまたま出会ったというのではない。作品にそうした具体的な記述はないが、オツベルは白象との遭遇以前から、すでに彼の身近に象の存在を認知しその性格を知り、抗しがたい《力》とその脅威にさらされ、警戒していたと考えたほうが自然だからである。つまりオツベルがこの地に作業場を作った時から、象の脅威はあったと考えられる。

オツベルの作業場と象たちの棲息域〈語り手の牛飼いが言う〈森〉〉がそれほど離れていないことは、また作品上でも確認できる。それは象たちの白象救出の場面で、彼らが一時間半で作業場までやって来ることから分かる。(4) しかしこれまで象（たち）は自分たちの住む領域を知り、決して人間の領域（オツベルの領域としての作業場など）に入って来ることはなく、オツベルにとって脅威ではあっても、直接的被害を受けることはなかったというのが、私のこの作品を考える上での前提である。

二　人間の領域に侵入した象──強迫観念の成立

ところが白象の出現の場面を見ると、忽然とオツベル（たち人間）の前に現れた〈領域に入った〉という印象を強くするのである。白象の出現は次のように、牛飼いによって語られている。

そしたらそこへどういふわけか、その、白象がやつて来た。白い象だぜ、ペンキを塗つたのでないぜ。どういふわけで来たかつて？　そいつは象のことだから、たぶんぶらつと森を出て、ただなにとなく来たのだらう。

これは、白象がこれまで象（たち）が侵したことのない人間の領域（オツベルの領域・作業場）に、何の前触れもなく侵入した時の様子（牛飼いの語り）である。その唐突な白象の出現は、オツベルのその時の心的状況にとってきわめて重大な意味を持っていると筆者は考えている。予見としてあったオツベルの象への脅威（恐怖と不安）は、白象とのそうした形での出会いによって、否応なく現実のものになったということである。確認しておくべきことは、視覚を圧倒するとてつもない巨体や、動くたびに実感するその重力という、強烈な初発のその印象は、白象への強迫観念として、その後のオツベルを支配し呪縛し続けるのである。

ところが当の白象は人間を決して恐れないのである。〈そいつは象のことだから、たぶんふらつと森を出て、ただなにとなく来たのだらう〉という牛飼いの語りにもある通り、まるで屈託がなくふらりとやって来たという印象である。考えられることは、この白象が幼いか、幼稚であるか、いずれにしても無邪気であることは否めない。

しかし注視すべきことは、この無邪気さ（自己中心性）が、逆に相手に対する自己の存在の圧倒さを自覚せず、強引にその領域（空間だけでなく、その心域）にまでも侵入するものを内包していることである。白象はまさにそうした象として、オツベルの前に現れるのである。白象の存在は圧倒的

《力》であり、なすすべのないオツベルは、それに対して強迫観念を抱くという構図である。

オツベルの白象への対処は最初、なるべく当たり障りのないよう、控えめにしておこうという印象である。その様子から分かることは、出来ればそのまま白象に帰ってもらいたいというのが、オツベルの本音である。しかし白象の関心はオツベルの作業場から離れない。その白象に対して、ことなかれの百姓たちとは違い、オツベルはさり気なさを装いながら、しかし鋭敏に白象の動きに反応する。ただオツベルの内心は、動作では余裕を見せながらその実どぎまぎし、何より相手より素早く次の手だてを考え、どうしたら拒めるか牽制できるか追い出せるかを考えることに、躍起になっていると言ってよい。

そこには強迫観念に支配された人間の、それを与える者への細心の対応を読むことができる。出来れば相手を拒絶したい、排除したいという思い（＝事前の危険回避）である。白象に対峙したオツベルの言動は、逆転した反応（恐怖を感じながら平静を装うこと）としてではあるが、以下の二つの場面にそれがよく現れている。

ところがそのときオツベルは、ならんだ器械のうしろの方で、ポケットに手を入れながら、ちらつと鋭く象を見た。それからすばやく下を向き、何でもないといふふうで、いままでどほり往つたり来たりしてゐたもんだ。

（中略）

オツベルは奥のうすくらいところで両手をポケットから出して、も一度ちらつと象を見た。それからいかにも退屈さうに、わざと大きなあくびをして、両手を頭のうしろに組んで、行つたり来たりやつてゐた。

このように、オツベルは〈器械のうしろ〉で〈ちらつと鋭く〉象の様子を見、関わるまいと〈すばやく下を向き、何でもないといふふう〉に取りつくろうのである。また〈うすくらいところで〉〈も一度ちらつと象を見〉〈それから退屈さうに、わざと大きなあくびを〉するのである。いずれも相手に脅威を抱きながら平静を装い、鋭く相手の動向の一挙一動を見逃すまいとする様子である。そのように細心の注意を怠らないオツベルだが、前掲に続く場面では次のように描かれている。

ところが象が威勢よく、前肢二つつきだして、小屋にあがつて来やうとする。百姓どもはぎくつとし、オツベルもすこしぎよつとして、大きな琥珀のパイプから、ふつとけむりをはきだした。それでもやつぱりしらないふうで、ゆつくりそこらをあるいてゐた。

表面的には、さり気なさを装い落ちついた素振りにも思えるが、内心では巨大さだけでなく白象の有無を言わせない圧倒的《力》に対する、オツベルの驚愕がよく見て取れる場面である。たとえ小さく幼い象であっても、その体軀を目の前にした時の、それは人間の当たり前な反応なのであり、実際象を目の前にするなら、誰もが鬼気せまるものを感じるはずである。したがって、〈オツベルは命懸けだ〉〈度胸を据えて〉という反応は、端的に象に対する脅威を語っているが、オツベルの続く物言いには、しかしその内心とは裏腹なものがある。

「どうだい、此処は面白いかい。」
「面白いねえ。」象がからだを斜めにして、眼を細くして返事した。
「ずうつとこつちに居たらどうだい。」

それが内心とは裏腹なことは、何より〈云つてしまつてから、にはかにがたがた顫えだす〉オツベルの様子から分かる。それは何故か。それは本心と裏腹なことを言わざるをえないほど、その存在と力に圧倒されているからである。つまりこの白象が怒ったらどうなるのだ。暴れられたらたまらない、という思いがあるからである。オツベルの白象への物言いと内心は乖離し、支配する強迫観念は漸進的にエスカレートして行くのであるが、続く場面はそれを証左するものである。

ところが象はけろりとして
「居てもいいよ。」と答へたもんだ。
「さうか。それではさうしやう。さういふことにしやうぢやないか。」オツベルが顔をくしやくしやにして、まつ赤になつて悦びながらさう云つた。

とあるが、〈さうしやう。さういふことにしやうぢやないか〉という、繰り返される同意の真意と同様、ここでのオツベルの〈顔をくしやくしや〉にし、〈まつ赤になつて悦びながらさう云つた〉とあるのは、その悦びが喜びなどでは決してなく、恐怖の裏返しのそれなのである。そこにあるのは、白象が怒るのではないかという恐れや暴れ出すのではないかという不安に支配された（強迫観念に支配された）、オツベルの本心とは裏腹な言動である。

しかし強迫観念に縛られていることに、いまだオツベルは無自覚である。ただ言えることはそれに支配されながら、与える白象の圧倒的《力》を押さえ込もうと、オツベルは様々な考えを巡らしていることである。

三　オツベルの対処―危険回避の三つの方法

白象の圧倒的《力》を減ずるために、オツベルは三つの方法を考え巧みに併用する。その三つとは、重い鎖や分銅を身につけさせること、また厳しい労働をさせること、そして食餌を減らすことである。まず時計と鎖、そして靴と分銅を用意し、言葉巧みに白象を懐柔する場面から見ておこう。

「おい、お前は時計は要らないか。」丸太で建てたその象小屋の前に来て、オツベルは琥珀のパイプをくわえ、顔をしかめて斯う訊いた。

「ぼくは時計は要らないよ。」象がわらつて返事した。

「まあ持つて見ろ、いゝもんだ。」斯う言ひながらオツベルは、ブリキでこさえた大きな時計を、象の首からぶらさげた。

「なかなかいゝね。」象も云ふ。

「鎖もなくちやだめだらう。」オツベルときたら、百キロもある鎖をさ、その前肢にくつつけた。

「うん、なかなか鎖はいいね。」三あし歩いて象がいふ。

「靴をはいたらどうだらう。」

「ぼくは靴などはかないよ。」

「まあはいてみろ、いいもんだ。」オツベルは顔をしかめながら、赤い張子の大きな靴を、象のうしろのかかとにはめた。

「なかなかいいね。」象も云ふ。

「靴に飾りをつけなくちや。」オツベルはもう大急ぎで、四百キロある分銅を靴の上から、穿め込んだ。

「うん、なかなかいゝね。」象は二あし歩いてみて、さもうれしさうに云つた。

これら一対の物は、指示するもの（時計・靴＝実はちゃちな代物）で白象を引きつけ、実際は彼の目論見である物（附帯する物＝鎖・分銅）を受け入れさせる（身につけさせる）ための、きわめて巧妙な手練手管なのである。白象は少し抵抗はするものの、オツベルの思惑を知らぬげにそれらを身につける。オツベルの目論見を仮託した百キロの鎖や四百キロの分銅は、白象が逃げないようにするためであるというより、その自由を奪い圧倒的な《力》を抑えるためのものである。

ところが白象は過大な負荷にもかかわらず、やすやすと行動するのである。その場面を見てみると、〈ブリキの大きな時計と、やくざな紙の靴とはやぶけ、象は鎖と分銅だけで、大よろこびであるいて居つた〉とある。白象の様子に対するオツベルの具体的反応の記述はないが、目論見が見事に外れ心底戦《おのの》いているはずである。強迫観念の支配はますます強まる。

次にオツベルが考えたのは、厳しい労働をさせその力を削ぎ落とそうというものである。川の水汲み、薪拾い、鍛冶場での炭火吹きであるが、全て税金が高くなったことを口実として、そのための労働を強いるものである。しかしいずれもやすやすと白象はこなしてゆくのである。

「川の水汲み」の場面から見ておくと、次のように描かれている。

「済まないが税金も高いから、今日はすこうし、川から水を汲んでくれ。」オツベルは両手をうしろで組んで、顔をしかめて象に云ふ。

「ああ、ぼく水を汲んで来やう。もう何ばいでも汲んでやるよ。」

象は眼を細くしてよろこんで、そのひるすぎに五十だけ、川から水を汲んで来た。そして菜っ葉の畑にかけた。

オツベルの目論見も知らず労働を強いられながら、ただ白象は喜ぶばかりである。しかも「薪拾い」の場面は、そのような白象のたわいなく云った無自覚な言葉が、逆に相手（オツベル）にさらなる脅威を与えているという意味で注目すべきである。それは次のように描かれる。

「済まないが税金がまたあがる。今日は少うし森から、たきぎを運んでくれ〔」〕オツベルは房のついた赤い帽子をかぶり、両手をかくしにつつ込んで、次の日象にさう言つた。
「あ、、ぼくたきぎを持つて来やう。いい天気だねえ。ぼくはぜんたい森へ行くのは大すきなんだ」象はわらつてかう言つた。

とある。白象が森が好きなのは当然のことと理解できるが、一方のオツベルにとっては、ぬきさしならない事柄を含んでいるのである。言うまでもなく森は白象の仲間がいると考えていい場所である。出会いの時だったら行ってもらっていい場所も、今となっては、そしてもしそこで仲間に救いを求めるようなことになったら、それこそオツベルには大事どころではなくなるのである。だからこそオツベルは白象の言葉に〈少しぎよつとして、パイプを手からあぶなく落としさうに〉なるのであり、その懸念があるからこそオツベルの恐怖と不安は増幅するのである。しかしオツベルの懸念は空振りに終わり、〈その昼過ぎの半日に、象は九百把たきぎを運び、またしても眼を細くしてよろこんで〉いるのである。

次の「鍛冶場の炭火吹き」の場面でも、オツベルは白象の圧倒的《力》を思い知らされ恐れ戦くのである。それは次のように描かれている。

その次の日だ、

「済まないが、税金が五倍になつた。今日は少うし鍛冶場へ行つて、炭火を吹いてくれないか」

「ああ、吹いてやらう。本気でやつたら、ぼく、もう、息で、石も〔なげ〕とばせるよ」

白象の〈ああ、ふいてやらう。本気でやつたら、ぼく、もう、息で、石も〔なげ〕とばせるよ〉という言葉に、オツベルが〈またどきつとした〉のは、彼の目論見〔白象の圧倒的《力》を減ずること〕がまだ達成されていないことを、はっきりと知らされたからである。オツベルの強迫観念は、ここでも解かれることはなく、一層強まるのである。

そうした中でオツベルの目論見が唯一成功したのは、様々な労働をさせながら、一方で徐々に食餌を減らすことであった。白象の労働に対する対価としての食餌＝藁束を、日を追う毎に減らしてゆくやり方である。ただしここでは、労働に対する対価を低く抑えれば当然儲かるといったものでなく、あくまで白象の圧倒的《力》を減ずるために、オツベルはしているという意味である。むろんその結果（大変なことになること）を予想できるのが通常の人間である。それに対して目の前のこと—白象の力を削ぎ落とすこと—しか考えられないのがオツベルである。つまり因果の関係を客観的に、冷静に判断できないのである。それが強迫観念に呪縛され支配された人間の行動様式なのである。

四　強迫観念からの解放—オツベルの死

白象救出劇（騒動）は、オツベルの側からすると彼の昼寝がそれによって破られる場面から始まる。

グララアガア、グララアガア。その時ちやうど一時半、オツベルは皮の寝台の上でひるねのさかりで、烏の夢を見てゐたもんだ。あまり大きな音なので、オツベルの家の百姓どもが、門から少し外へ出て、小手をかざして向ふを見た。林のやうな象だらう。汽車より早くやってくる。さあ、まるつきり、血の気も失せてかけ込んで、「旦那あ、象です。押し寄せやした。旦那あ、象です。」と声をかぎりに叫んだもんだ。

使用人（百姓）のけたたましい象の襲来のわめき声に、半ば目覚めかけたオツベルの取った行動は、なぜかやって来る象たちに対処するというのではなく、衰弱し切っている白象を、さらに厳重に強靭に監禁するのである。

ところがオツベルはやっぱりえらい。眼をぱっちりとあいたときは、もう何もかもわかってゐた。

「おい、象のやつは小屋にゐるのか。居る？　居る？　居るのか。よし、戸をしめろ。戸をしめるんだよ。早く象小屋の戸をしめるんだ。ようし、早く丸太を持つて来い。とぢこめちまへ、畜生めぢたばたしやがるな、丸太をそこへしばりつけろ。何ができるもんか。わざと力を減らしてあるんだ。ようし、もう五六本持つて来い。さあ、大丈夫だ。大丈夫だとも。あわてるなつたら。おい、みんな、こんどは門だ。門をしめろ。かんぬきをかへ。つつぱり。つつぱり。さうだ。おい、みんな心配するなつたら。しつかりしろよ。」オツベルはもう仕度ができて、ラッパみたいないい声で、百姓どもをはげました。

ここで注目しておきたいことは二点である。一つは多数の象の襲撃という現実を自覚し〈もう何もかもわかつてゐた〉人間が取る行動の奇妙さである。通常の人間なら助けにやって来た多数の象の襲撃に対する防禦の態勢である。しかしオツベルが取った行動は、ひたすら白象を封じ込めようとすることである。もう一点は象（たち）の襲撃が迫る中、自分に聞かせるように〈何ができるもんか。わざと力を減らしてあるんだ〉、と言い放つ言葉である。これはオツベルが白象にした仕打ち（特に食餌を減らすこと）が何であったかを明示する言葉である。食餌を徐々に少なくして力を減らすこと。つまり遭遇した時から白象の《力》に圧倒され、絶えず戦き続けて来たオツベルにとっては、何より自分に危害が及ばないようにするため、白象の力を〈わざと減らして〉いたのだと言うのである。

つまり、襲撃して来る象たちの方がはるかに圧倒的であるにもかかわらず、しかも衰弱しているにもかかわらず、まず白象を閉じ込めること（力封じ）を、オツベルは何より優先していることから分かる。ここにはそれを与える者に対する、その者が消えないかぎり執着し続ける人間の姿＝強迫観念の支配下にあるオツベルの言動が示されている。たとえ寝起きで判断が鈍ったということがあったにしても、オツベルの恐怖や不安を惹起する対象が、依然として白象そのものにあったということに変わりはない。

そうしたオツベルの一連の言動は、強迫観念に支配された者の奇妙な言動ということになるが、そのことは決定的に真の危機への対応を失わせる結果をもたらした。白象を処置し仲間の襲撃に対処しようとしたオツベルだが、時すでに遅く、あらゆる手段が無意味と化している。厳重な扉も忠実な犬も、そして強力な六連発のピストルも、馬鹿げたほど無力であることをオツベルは知るが、その最中にまた自らの死を迎えるのである。

五　白象の《さびしい笑い》

オツベルも白象も互いの意識の中に、相手を威嚇したり凌駕するといった支配の論理を持ってはいなかった。ただオツベルや作業場に対して白象が、またオツベルは白象の存在に対して、一方は必要以上に関心を持ち他方は過剰に反応するといった、決定的意識の互いのズレがそこにはあり、しかも悲劇的であるのはそれが最後まで、特にオツベルには分からずに終わったというのが、この作品の筆者の読後感である。白象の無邪気さがオツベルに与える強迫観念にしても、オツベルの強迫観念の呪縛による判断力の低下にしても、その決定的要素によって、結末の悲劇は（喜劇は）招来しているのだと考えるのである。

こうして訪れる死としてのオツベルの悲劇は、また（あるいは）オツベルと白象の互いの意識のズレが招来した喜劇として、その幕は閉じられるのである。ただこの作品を、筆者の立場にたって読むにしても、また白象救出劇として読むにしても、理解をいささか難しくしているのが、白象の最後の《さびしい笑い》である。筆者はあえてそれを、愚かしく哀れなオツベルに対する、白象の悲しいままでの《さびしい笑い》であったと、ひとまず言って置きたい。

注

（1）考えまいとしても絶えず心を占有して頭から離れない考え（『広辞苑』第二版）。ここではさらに、ある〈力〉が肉体や精神に加えられて、本来的にその人間の持っている妥当な判断力の一部、あるいは全部がそのために喪失している状態と言っておく。

（2）筆者が特に注目したのは、清水正「五章　孤独な支配者オツベルの不安と恐怖と自己破綻」（『宮沢賢治の神秘　「オツベルと象」をめぐって』平4・10、鳥影社、68〜69頁）である。清水は牛飼いの言動の危うさを指摘し、また白象の聖なる〈強大な力〉を恐れるだけでなく、オツベルが自らの地上的な〈力〉の限界を深く自覚していたと述べ、しかも白象との出会いの時点から、〈自分の破綻を予期していた〉ことを示唆している。
　本節はあくまで、清水の言葉を借りれば〈地上的〉な観点から、強迫観念に支配されたまま破局を迎えた哀れな男の物語として論じたものである。

（3）白象に対するオツベルの強迫観念の呪縛・支配という観点は、この作品の語り手＝〈牛飼い〉に対する素朴な疑問から始まっている。果たしてこの作品での〈牛飼い〉の語りは信じるに足り得るのか。白象とオツベルの闘争の〈劇〉を、なぜ、どのようにして知りえたのか。その語りには恣意的な要素〈牛飼いの思惑〉はないのか。作品全体の中の〈牛飼い〉の語りは、もっと検証されるべきではないのか。と言った疑念を筆者は抱いているのである。
　しかし本節ではその牛飼いの言動の検証をひとまず傍らにおいて、ひたすらオツベルの言動をどう捉えるか、そしてその真意は何かといった、その問いが導き出した視点―サブタイトルの観点―で論じたものである。

（4）作品上で確認すれば、白象に救出の手紙を託された〈赤衣の童子が、さうして山に着いたのは、ちやうどひるめしごろだつた〉とあり、その手紙を見て仲間の象たちが立ち上がる。彼らはオツベルの作業場に向かってばく進し着いたのは、〈ちやうど一時半、オツベルは皮の寝台の上でひるねのさかりで、鳥の夢を見てゐたもんだ〉(以上傍線＝筆者)とある。〈ひるめし〉を十二時とし、駆けつけたのが〈一時半〉だから、この間の一時間半が、一応象の棲息域とオツベルの作業場との隔たりと考える。確かに象たちが急いで駆けつけたことを考えると、単純に近いとは言えないが、それまで象の存在にオツベルが全く気づくことはなかった、というほど遠い距離ではない。

[付記]　本節は、【新】校本全集第十二巻童話〔V〕・劇　その他　に依った。

第四章　研究史

第一節 『校本全集』以後

―開示された作品形成過程―

はじめに

異本・異稿などの緻密な本文の校合や、手帳・ノート等雑纂の断簡零墨に至るまで、賢治の残した筆跡を可能な限り掘り起こした校本の刊行は、賢治文学の総体を新たに問い直す意味を担ったものだが、特に作品論の飛躍的発展を促すものとして注目される。とはいえ、校本校異の成果をどう作品論上に展開し発展させるかは、そのこと自体今後各自に与えられた課題である。

校本校異が作品に関して明らかにしたことは、端的にまとめれば、著しい推敲の跡を忠実に再現するという、作品の形成過程の提示である。それによって、たとえば従来諸形態を混同して編集していた全集のテキストの誤りが全般的に訂正された。けれども決定稿ということについては、賢治の推敲の特異性の問題がからみ、明確にこれと選定できない事情も出てきている。特異性とは賢治が推敲というものをどのように意義づけ、創作理念の中に位置づけているかということに関連してくる。

周知のように、賢治はまとまった自己の文学理論というものをもたなかったが、それでもよく知られている「農民芸術概論綱要」の〈結論〉の部分での〈永久の未完成これ完成である〉や、「文語詩稿」の表紙に印した〈現在は現在の推敲を以て定稿とす〉（「五十篇」）、〈推敲の現状を以てその時々の定稿となす〉（「一百篇」）などに、逆説的かつ特異な創作理念をうかがうことができる。

この理念を賢治文学の全体に適応させようとする考え方も出てくる。それによって、賢治の推敲が単に作品の最良をめざすためになされたというだけでなく、同時に作品個々を重視するものを含むという考えが成り立つわけである。

むろん前述の「綱要」では続けて〈畢竟ここには宮沢賢治一九二六年のその考があるのみ〉と述べているし、「文語詩稿」での言及も、作品としては文語詩だけに、また時期もその時点に限定する考えもあろう。このことは賢治文学全体に関わる大きな課題の一つであり、今後の作品の読みを左右すると考えられるが、各自の立場から究明されねばならぬ問題であろう。

ともかく校本は、従来のテキストの基本的な誤謬や錯簡を訂正すると同時に、以上のような根本に関わる、創作理念の解釈の問題の困難性をも明るみに出したといえる。賢治の創作理念は当然農民芸術や四次元芸術の概念と通底し、規定してくるわけで、今後研究に携わる者は、肯定否定にかかわらずそうした難題に、なんらかの判断を下さなくてはなるまい。

そうした難題を孕みながら今後の研究作業は行われるわけだが、当面、作品の形成過程を明らかにした校本校異を踏まえ、推敲を綿密に跡づけることが前提である。以下ジャンル別に今後の課題や作業といったものを考えてみる。

＊　＊　＊

詩について、まず『春と修羅』第一集の場合、公刊した唯一の詩集であるが、その後も推敲を重ねた事実をどう解釈するか、という問題がある。確かに一般にもそうした例がなくはないが、賢治の場合作品によっては、部分的な加筆・訂正・削除にとどまらず、全体斜線を付し抹消の意向を明示したものも少なくない。これは単なる作品の削除ですまない、詩集の改変・変容を意味し、さらに統一体としての詩集の一種の破綻をも意味するとも考えられなくはない。このほかにも賢治はいったん発表（公表）した単独の作品に推敲を重ねて施している場合もあり、そこに一般の推敲とは異質な特異性がある。

一つの考えとしては、作品がいったん成立した事実を重くみることで、論者の一つの判断は示される。が、その場合ものちの作品削除の賢治の意向は重く残る。こうした事情は公刊されなかった二集・三集についても同様といえるかどうか、今後に俟つしかない。

さて具体的な研究作業は進められ、天沢退二郎『《宮沢賢治》論』（昭51・11、筑摩書房）や、二度の「國文學」（昭50・4、昭53・2）の特集号などが今後の指針となろうが、まだ段階的な作品論にとどまっており、今後の進展に多くのものを託すというのが現状である。また個々の作品分析を踏まえて、詩集の成立、詩集間の詩風の変遷、短歌や「冬のスケッチ」等からの流れ、また心象スケッチの方法の解明など、総体的な視野を要請する課題があり、それらは従来からの課題でもあるが、校本校異によって新たに問い直されるべきである。

＊＊＊

童話についても、当面の基礎作業としては、校異によって明らかにされた作品ごとの初期形と、その後の手入れ・改稿・改作等によって変貌する各形態を、それぞれ仔細に検討することが前提である。たとえば「銀河鉄道の夜」の場合、すでに作品の形成過程の解明が、天沢退二郎・入沢康夫による『討議「銀河鉄道の夜」とは何か』（昭51・6、青土社）によってなされたが、そこではこの作品について、現存するものとして大別二形態があり、そのうち最終形態といわれるものが、従来定稿と考えられていたものとは異質で、しかもこの形態に至るまでにあった、いくつかの挿話を欠いたものであるとする。これは構想の変化、テーマの変容を示す。初期形、最終形のどちらを取るか、また併存させるか、いずれにしても、将来たとえば入沢のいう流布本という形で定稿の問題が解決されないかぎり、この問題は各自に課せられているといえよう。

また「風の又三郎」の場合のように、一つの作品の形成過程で、全く別の複数の作品が集約され成立した作品もある。この場合などは、集約された個々の作品のもつ問題、またそれらと「風の又三郎」との関連をどう処理するかが、作品分析の際の課題である。こうした問題は、大なり小なり他の作品についてもいえることで、逐一作品が抱えている課題を各自で解明する以外ない。

今のところ作品分析について大別して二つの方法が考えられる。一つは諸形態をある一つのビジョンによって集約し検討する方法と、もう一つは前述したような、一つの形態を任意に選定しそれに他の形態を集約する方法である。前者はあらかじめ各自が一つのビジョンをもつことが要請され、かつそれゆえに偏った作品論の展開に陥る危険があるが、錯綜した作品の諸形態の混沌に入りこみ困惑することが避けられる。その点後者が作品そのものに沿うということで安全な方法であろうが、これもどの形態を選定するかの基準がからんでくる。

いずれにしても、錯綜した作品形態を前にして、それをどう作品論の俎上にのせ展開させるかについては、この際大胆な作品分析の方法を各自がもつ以外ないだろう。

＊　＊　＊

短歌については、まず「歌稿〔A〕」(トシ・シゲの筆写・賢治の編集)と「歌稿〔B〕」(賢治の編集)の比較検討を、これも校本校異を踏まえて進めることが前提である。特に「歌稿〔B〕」における行分け等形式の問題を含め、相互の質的差異の解明がなされるべきである。たとえば「歌稿〔A〕」から「歌稿〔B〕」への流れの中で、賢治は何を残し、何を抹消したかといった、賢治の意識の変遷をたどることを意味する。

また従来、口語詩や文語詩との関わりから、それらの習作といった側面で語られる傾向にあったが、校本校異による推敲の実態に照らすなら、必ずしもそれが正しい評価ではないことが解明されよう。むろん定型の枠に抑制しきれないものが、「冬のスケッチ」や心象スケッチ、さらに文語詩へと展開していったことは十分うかがい知ることができる。が、そうした他のジャンルへの展開面だけで短歌のもつ課題が処理されていいかどうか。またそれと関連して、はたして賢治の短歌が、従来の短歌観で把握できるのか、また把握してすむ問題かという課題がある。

賢治の短歌の幻覚や幻聴、特有の暗さが、賢治と自然との一体化の特異性に由来するとする村上一郎「賢治の短歌—『自然』とはなにかをめぐって」(「国文学　解釈と鑑賞」昭48・12)や、連作性や散文性に短歌の美質を破る傾向をみた岡井隆「宮沢賢治短歌考(一)」(「磁場」〈臨時増刊〉、昭50・11)などは、今後の賢治短歌の読みを示唆する指摘で、いくぶんその視点を導入する論考もなくはないが十分とはいえない。

＊　＊　＊

文語詩については、校本校異によって従来の全集での配列の誤りが整理され、またこれまで不明であった作品の成立過程が仔細に解明された。その推敲の跡をたどると、いかに完成へと賢治が苦吟しているかうかがえるし、それゆえに詩稿の表紙に書きつけた、その〈時々〉の作品を重視したい意向も理解できる。今後の課題は、そうした推敲意識のもつ意義の解明が重要になろう。これは従来賢治の退行とみる文語詩評価の転換にもつながる課題ともなろう。

また、短歌から多くの題材を得ていることから、従来からの課題だが、短歌と文語詩の関連を明らかにする作業が依然残されている。一度短歌の形式に閉じこめたものを、永い年月ののち、定型ながら文語詩に開いたことの意味は、賢治の表現形式に対する方法意識がどうであったかという、根源的な問題に関わってくる。むろんそのことは短歌と文語詩だけでなく、広く詩や童話のそれとも関わってくるであろう。

この課題の解明の一環として、最近、大岡信・菅谷規矩雄・天沢退二郎等によって関心が示されている、韻律＝リズムの問題がある。この種の論考は校本校異の成果を特に生かせるものとして、今後さらに発展するであろう。賢治文学を生涯にわたって展望するとき、定型（短歌）→非定型（少数を例外とする詩・童話）→定型（文語詩）の図式が可能だが、それに照らしても、いかに賢治における表現形式の問題が重要であるか歴然とした事実であり、今後こうした課題の究明が切望されることはいうまでもない。

＊　＊　＊

さて、手帳・ノートその他雑纂の類は、一部作品の記録として残されているものの、多くはある時期の、賢治の生活史の裏面を伝えるもので、文学創造そのものに直接関わるものではないが、文学創造を支える主体を考えるうえでは、重要な意味をもつと考えられる。著しい推敲の跡をとどめる作品に関する校異は、文学創造に関わる賢治の内的なものや、その息づかいさえ伝えるのに対し、これらはいわば賢治の生活の裏面史である。

すでに一部は小倉豊文『宮沢賢治の手帳研究』（昭27・8、創元社。→増訂版『「雨ニモマケズ手帳」新考』昭53・12、東京創元社）によって明らかにされていたが、校本によって今回そのすべてが明らかにされた。これのもつ課題は、文学創造を支えた人間の内面を知ることであり、作品営為に多大の示唆を与える点にある。とはいえ、そうした断片が作品解釈に直結するものでもなく、しかも備忘録的な意味不明の記録もあり、その活用は十分慎重になされるべきであろう。

おわりに

以上、校本校異によって開かれている課題の概要を述べたが、その傾向が、作品論中心になることは否定できない。それにつけ、校本校異による作品論の展開が、今後の賢治文学の全体にわたるものであり、飛躍的に発展することが予見されるが、一方で、そうした作品形成にのみかかずらってしまう危惧を抱かないでもない。

その意味から、原子朗「根生物としての賢治―賢治論への反省と自戒」（「四次元」昭51・10）の中での、校本による〈様式成立の内的根拠〉の重要さもさることながら、詩人を現実との関わり、さらにそれと創造的自我の交互作用によって、作品の読みからの〈遡求行為としての伝記や周辺論的探索〉が切望されるという意見は、文体というういわば表現に関わってきた者の発言として、十分傾聴に値するものである。

つまるところ、そのことは表現領域と創造主体の通路を絶えず開けておくことを意味し、校本が開く作品論の発展が、同時に作家論の充実につながるものであることを示唆しているといえよう。

第二節　『春と修羅』第一集～第三集

―昭和五十五年～平成五年まで―

＊　＊　＊

本節は『春と修羅』の第一、二、三集を中心とするもので、①佐藤泰正・編「宮沢賢治必携」〈別冊國文學№6〉（昭55・5）を受けた、主として最近十年に渡る研究史である。

この間、原子朗「宮沢賢治研究案内」（②原子朗編『宮沢賢治』〈鑑賞日本現代文学13〉昭56・6、角川書店）では重要な研究への提言があり、やはり③『宮沢賢治を読むための研究事典』（平元・12、學燈社）の中に、第一集（主要作品三編「小岩井農場」、「永訣の朝」、「青森挽歌」の研究史を含む）～三集の研究史がある。また④原子朗「賢治・その受容と研究の歴史」（⑤大岡信／他編著『宮澤賢治』〈群像日本の作家12〉平2・10、小学館）や、「座談会宮沢賢治研究の諸問題」（「国文学　解釈と鑑賞」平3・6）等の試みがあった。

当然本節はそれ等を踏まえたものとなる。とはいえ賢治ブームを反映し文献数は増大し、紙幅の関係で割愛せざるを得ない多くの論考があったことを、あらかじめお断りしておく。また単行本を中心にしその他は適宜触れることになる。

この十年程の『春と修羅』研究の動向は、校本全集の刊行による研究の拡大・深化が図られたと一応言えるであろう。第一集の構成に関わる佐藤勝治「『春と修羅』第一集（初版本）の成立過程―校本全集第二巻校異『編成四段階説』の修正」（昭57・2、私家版）は、大胆な仮説を掲げたが、それに対し入沢康夫が、⑥『宮沢賢治　プリオシン海岸からの報告』（平3・7、筑摩書房）所収の、「『春と修羅』成立過程に関する佐藤勝治氏の新説について」（初出「賢治研究」30、昭57・8）と、「『失われた部分』のこと―『春と修羅』成立過程に関する若干の随想」（初出「言語文化」2、昭59・2）で触れている。

入沢の反論の妥当性とは別に、③で栗原敦が指摘するように、佐藤説は詩集を構造的に捉える〈総合化への刺激〉（研究史『春と修羅』第一集）となろうし、校本（校異）に対するこの種の発言がなくもなく、【新】校本全集刊行の動きもあることから、校異のあるべき形を再度検討し直す時期ともいえる。

校本の成果としては、杉浦静⑦『宮沢賢治　明滅する春と修羅―心象スケッチという通路』（平5・1、蒼丘書林）所収の論考がある。「『小岩井農場』の成立―推敲過程をふまえつつ」（「日本文学」昭51・10）に始まる第二集、三集の構想・生成論である。他に第一集の構成について続橋達雄「解説」（日本文学研究資料叢書『宮沢賢治Ⅱ』昭58・2、有精堂）が触れ、また構想過程を辿り断念を跡づけた猪口弘之「『春と修羅　第三集』〈心象スケッチ〉集成の断念へ」⑧「国文学　解釈と鑑賞」昭57・12）などがある。

＊　＊　＊

さて主題論は、問題の山積する賢治研究の現状から筆者の力量にあまるが、視点、観点の倒錯〈逆転〉による、詩の読みの可能性を開示したものに、菅谷規矩雄『宮沢賢治序説』（昭55・11、大和書房）があり、そこでは限りなく〈違和〉を問い続けている。視点を異にするが、栗谷川虹⑨『宮澤賢治―見者《ヴォワイヤン》の文学』（昭58・12、洋々社）では、賢治研究に見られる、現実的、合理主義的解釈への不満が読み取れ、幻想を賢治文学、生き方の中心課題にすべきとの傾聴すべき提言があった。また比較社会学からのアプローチである、見田宗介⑩『宮沢賢治―存在の祭りの中へ』〈20世紀思想家文庫12〉（昭59・3、2刷、岩波書店）は、賢治における詩的世界の見え方の、基本的枠組みを開示し浮き彫りにした卓抜な論考である。

また特異な詩的世界を包括し、その総体を視野において吉本隆明⑪『宮沢賢治』〈近代日本詩人選13〉（平元・10、3刷、筑摩書房）の、第一集の主要作品を取り上げて解きほぐすその筆致の見事さは、『悲劇の解読』（昭54・12、筑摩書房）での〈心象スケッチ〉の解明と呼応した確かな手応えがある。また山内修⑫『宮澤賢治研究ノート―受苦と祈り』（平3・9、河出書房新社）は、作家・作品への鋭い読みを保持し、短歌から文語詩までと詩作全体に筆を進め、賢治の〈あり得べき世界〉構築への過程を究明すべく、冷徹な筆致で迫る論考である。

詩集を概観して論じたもので示唆に富むのは、内田朝雄『私の宮沢賢治―付・政次郎擁護―』〈人間選書46〉（昭56・6、3刷、社団法人農山漁村文化協会）があり、第一集から三集への推移に独創的な観点を展開し、口語詩から文語詩への転換と関連させ問題提起している。また、天沢退二郎⑬『《宮澤賢治》鑑』（昭61・9、筑摩書房）は、第一集と二集の作品世界の差異を追究し、さらに二集から三集における〈位相〉の落差や、詩集間のテーマ・モチーフの変容を追求したものを含め、諸論全体が凝集した詩論の集積といった感がする。

＊　＊　＊

近年の賢治研究で瞠目すべきは、科学（化学、地質学等）や宗教（仏典）、哲学、心理学などによる、主に世界観・思想に関わる論の輩出である。この分野での先鞭を告げたのは、小野隆祥⑭『宮沢賢治の思索と信仰』（昭54・12、泰流社）であろう。心理学や哲学、科学、そして宗教などの観点を駆使して、科学と宗教の融合をはかり思想に迫ろうとする。

また紀野一義「宮沢賢治詩と法華経」（⑧収録）は、賢治詩の宇宙的生命感を法華経（如来寿量品）の〈塵点劫〉の発想に由来することを示唆した。こうした仏教の世界観・思想を読み取る傾向は次第に定着し、栗原敦「溶媒幻想―賢治宇宙観の断面」（「実践国文学」23、昭58・3。→⑮『宮沢賢治―透明な軌道の上から』所収。平4・8、新宿書房）では、天台教学の〈一念三千〉観や宇宙観の世界と、心理・哲学の意識論、さらに自然科学の物質観との連関を追求し、また⑫の山内も賢治の中に、天台教学の〈一念三千〉〈十界互具〉の発想があるとした。

賢治の生涯を作品を通して跡付け、その道程―思想形成を模索した吉見正信『宮沢賢治の道程』（昭57・2、八重岳書房）は、一方で賢治のコロイド化学の習得によるマクロな宇宙論的思惟や、マクロ・コスモス志向を究明しており、手堅い論理と論証を示した。⑩の見田は、「ミンコフスキー空間」と仏教哲学の有部《う》（説一切有部）の説く〈三世実有《さんぜじつう》〉の説との中に、賢治の時空観を見る独自の論を展開した。こうした科学と宗教をトータルに捉える視点は、同時期の⑤に再録の「修羅を生きる」（初出「春秋」昭59・2）の萩原昌好論にも見られ、賢治における意識の進化がアインシュタインの相対性理論に近似するとし、それは決して法華経や華厳経の世界と相反しないことを指摘した。

そして科学と宗教の統一論に精力的なのが大塚常樹で、論考は⑯『宮沢賢治　心象の宇宙論《コスモロジー》』（平5・7、朝文社）にまとめた。そこではヘッケル、ベルグソン、天台教学、さらに華厳教の「一即多」論、倶舎論、そして法華経など、博識を駆使した時空論を縦横に展開している。この傾向はしばらく続き深められると思うが、原が④で〈賢治作品から自然科学的側面や要素を抽出し、賢治にそって解説するだけでは、いわば研究の往路であって、復路としての賢治のオルガニックな全体性への科学面の位置づけ、ことに宗教との相関・止揚といった問題が課題〉であるとする提言は同感で、翻って宗教もまた復路を閉ざすようであってはなるまい。

次に修羅論の展開を見てみたい。小野は⑭で、先行論を引き〈修羅〉概念の全面的検討を加えたが課題は残った。作品論を考察の核とする⑬の天沢は、〈賢治詩における「修羅」〉（初出⑧）において従来の諸説を検討し、修羅意識は、内的・外的状況の二重構造であると見、そこに恋愛を契機とした自己の正体の発見と世界との関係の発見があったと指摘した。この点について栗原③は、⑩の見田の修羅のあり方の否定の視点と通うのではと指摘している。関連論考としては、分銅惇作『宮沢賢治の文学と法華経』（昭56・7、水書房）も、賢治の信仰を考察する上では必見の書である。

また、時空観に持論のある萩原⑰「修羅と宇宙」（「埼玉大学紀要」30、昭57・3）は、⑭の小野の修羅概念を検証し、田中智学の『日蓮主義教学大観』などを引きつつ賢治の宇宙観を究明し、また同じく法華経に触れながら、原の⑱「宮沢賢治と法華経」（「国語と国文学」平2・11）は、〈精神〉と〈生命（反精神）〉としての孤独感や離群性等のパトスこそ〈修羅〉であると独自の提言をした。

また⑯の大塚は「宮沢賢治の空間認識」（初出「日本近代文学」31、昭59・10）で、心象スケッチを方法・手段としてだけでなく、賢治の空間認識として対自化した自己—修羅の空間認識を進化論の枠の中で究明した。他に⑲「国文学　解釈と鑑賞」（昭63・2）での、諸家の論にふれた佐藤泰正「『春と修羅』を読む—〈修羅〉の位相をめぐって」（後『宮沢賢治論』〈佐藤泰正著作集⑥〉収録。平8・5、翰林書房）や、恋愛観や宗教観とともに修羅意識の変移を跡づけた萩原の「青春の原点からの一報告」などの好論がある。

＊　＊　＊

管見によれば、最も多いのが「心象スケッチ」論である。その内容を任意に上げると、方法・手段・技術だけでなく、認識論・リズム／文体論・視点・特質・構造、などを呼び込む。これに関してはまず、入沢康夫は「賢治と『心象スケッチ』――一つの随想として」（初出①、⑥所収）で問題の再検証を試み、諸家の説はそれぞれ分析と内容を持つが、不分明な部分が残るとしながら、ついに賢治の〈解体そのものの観察〉という考えを提示する。次いで萩原⑰は、田中智学の『妙宗式目講義録』に、方法としての〈心象スケッチ〉の形成の直接的契機を見出し、賢治の認識と方法の同一性を指摘する。⑨での栗谷川の観点は、〈異空間〉意識と、自己の意識を重層的に捉えるものとして心象スケッチをおさえ、賢治の詩意識、認識の転換を読み取ったものである。⑩の見田は、視点の〈変換の自在さ／二重化された眼の位置〉といった特質を指摘し、明晰な読みで視点・構造の分析をしたが、これはまた心象スケッチを〈つみ重ね構造〉と見た宮沢賢治『宮澤賢治―近代と反近代』（平3・9、洋々社）の観点とも重なる。

また、植田敏郎『宮沢賢治とドイツ文学　〈心象スケッチ〉の源』（平元・4、大日本図書）は、心象スケッチの研究史を展開した上で、ドイツ心理学に基づく元良勇次郎『心理学概論』（大4）を引き、〈心的現象〉その他の用例を上げ元良の心理学の影響を指摘した。⑯の大塚は、〈心象〉に関する従来の出典研究に触れて、さらに心理学、哲学、心霊学関係から〈心象〉の出典を提示した。

⑪で吉本隆明は、仕掛・装置・仕組としての心象スケッチとその様態を解析しているが、括弧付け表現を通して、賢治の世界認識の証明と世界を発見する語りの装置とを読む、奥山文幸「賢治vs.賢治—括弧付け表現の位相」（「日本文学」平2・2）の観点も、そこに重なる。これに関連し、心象スケッチの方法・手法にかかわるものとして、⑩の見田は段落下げ・括弧内・二重括弧に触れ、主体の複数性は、賢治の文体や作品構成や作品形成過程の特質であるという、傾聴すべき指摘があった。

リズム／文体から捉えたものとして、原の「生命と精神」（「国文学　解釈と鑑賞」昭61・12、⑤再録）も注目される。クラーゲスのリズム論を援用しての考察で、音紋論の長光太、拍子論を主軸とする菅谷と異なり、また歩行のリズムを一視点にする天沢とも異なる、原の主軸をなす〈無意識的自然的反復運動〉としてのリズム考である。また⑱での提言とも一貫する。

＊　＊　＊

作品論としては、恩田逸夫『宮沢賢治論2　詩研究』（昭56・10、東京書籍）があり、小沢俊郎『宮沢賢治論集2』（昭62・4、有精堂）がある。小沢は第一集のみならず二集、三集と積極的に取り上げ、論集の「解説」で杉浦が指摘するように、「語注」を読者との〈共通の地盤〉とし、同時に自らの〈「読み」の根拠〉とし、そこから徹底した解釈・鑑賞を提示し問題を追求する。その他、意欲的に作品論を展開するのが、詩的批評に立脚する天沢⑬であり、社会的・時代的背景を熟慮した論を展開する栗原⑮であり、また「校異」の精査な分析で作品構造の読みを提示する杉浦⑦である。それに⑯の大塚や伊藤真一郎を加えてもいい。

また一集については、『十善法語』が法華経受容の先駆的役割とする、龍佳花『宮沢賢治をもとめて—「青森挽歌」論』（昭60・11、洋々社）や、挽歌に弥勒信仰の跡を見、とし子の言葉を分析した池川敬司『宮沢賢治の周縁』（平3・6、双文社出版）もある。

二集については、「外山詩歌圏」としての心象スケッチと模索を跡づけた、池上雄三の『宮沢賢治・心象スケッチを読む』（平4・7、雄山閣出版）があり、さらに、木村東吉の「『春と修羅』第二集　私註と考察その一『空明と傷痩』」（「島大国文」16、昭62・11）以後の考察や、労作「資料と考察　宮沢賢治『春と修羅』第二集創作日付の日の気象状況」（島根大学教育学部「紀要」26、平4・12）などは大きな成果である。第三集は、谷口忠雄「宮沢賢治『春と修羅』第三集の時代（一〜五）」（「春日丘論叢」24〜28、昭55・4〜59・4）がある。

また第一集から三集に渡る論として、原の②に主要作品論十三編が収録されており、「賢治詩の宇宙」（「國文學」昭59・1）では、一集四編、二集二編、三集二編とそれ以降四編を、「宮沢賢治—新しい賢治像を求めて」（「国文学　解釈と鑑賞」平2・6）では、一集一編、二集三編と、諸家の論考を収める。

また単独論考として第一集は、奥山文幸「可視と幻視—とし子の現前」（「日本文学」昭62・6）、中村三春「〈統合〉のレトリックを読む―修辞学的様式論の試み」(「日本近代文学」45、平3・10)、平沢信一「〈心象スケッチ〉の場所―『春と修羅　第一集』を中心に」⑳「宮沢賢治」11、平4・1)、鈴木健司「『オホーツク挽歌』と『サガレンと八月』」(「国語と国文学」平4・9)などがある。

第二集は、菅谷規矩雄「『春と修羅・第二集』〈心象〉の行方」(⑧収録)、伊藤真一郎の⑲収録論や「『旅程幻想』における宮沢賢治の旅」(安田女子大学「国語国文学論集」11、昭57・9)などのほか、鈴木健司「〔北いっぱいの星ぞらに〕味読」(「日本近代文学」49、平5・10)などがある。

第三集は、佐藤通雅「〈農民〉と〈百姓〉の狭間―『春と修羅第三集』論」(⑳収録)などがあった。その他、大沢正善、香取直一、伊藤雅子、本木雅康、対馬美香、古沢由子、三浦正雄、本林達三、坪井秀人などに好論があり見逃せない。

＊　＊　＊

単行本は他に、その前史として「冬のスケッチ」に照準を絞った、小野の『宮沢賢治　冬の青春―歌稿と「冬のスケッチ」探究』(昭57・12、洋々社)、佐藤勝治『〝冬のスケッチ〟研究』(昭59・4、十字屋書店)があり、また膨大な資料と文献の引用と考察とでなる、斎藤文一『宮沢賢治―四次元論の展開』(平3・2、国文社)や、豊饒で錯綜とした賢治世界に参入するのに必携の、原子朗編『宮沢賢治語彙辞典』(平元・10、東京書籍)などがある。

第三節　『春と修羅』第二集

―昭和四十年代～昭和末年まで―

【概要】

生前未発表。第二集刊行意図はすでに大正十四年に謄写版刷でのもの（森佐一宛書簡）や、昭和三年の草稿「序」の成立時にもみられるが、いずれも頓挫している。昭和三年時点のものが「序」とも対応し、第二集の基本形態を伝える。現存下書稿㈠である。しかし、その後も推敲が晩年まで続き、「序」を除き作品番号二から四〇三まで、その間欠落・錯簡があるものの一一二編を数える。新修3、校本3。

【研究の現在】

これまでの第二集全体の評価を見てみると、萬田務は「『春と修羅』第二集～第四集」（「国文学解釈と鑑賞」昭48・12）において、〈第二集は第一集の奔放な空想力や豊饒な感受性はやや薄らぎ、そのかわり心象に思想的な深みが加わっている〉とし、〈自然の風物や季節の推移などと結びついてひらけた心象風景から、第三・四集の生活的現実的な世界への過渡期にあたる詩集である〉と述べている。

また、原子朗も第二集は明るくたのしげだが総体的には暗く翳りのある作品が多い、と指摘しながら〈『第二集』では自然よりもむしろ人間をうたうようになる。奔放な幻想の自在さより、平明な写実の手法にもなる。それだけ題材も、より現実的（生活的）、日常的になり、したがって即興的な記録ふうな詩が多く見られるようになる〉とし、〈『第三集』にくらべると、まだ、この集には『第一集』的な要素ものこっている。『第二集』が過渡的な、移行的な作風と考えられるゆえんだ〉（原子朗編『宮沢賢治』〈鑑賞日本現代文学13〉昭56・6、角川書店）としている。こうした観点はこれまでの評価の根底に見られ、第一集から第三集への詩想の流れを視野においたものである。

また、菅谷規矩雄は「『春と修羅・第二集』〈心象〉の行方」（「国文学　解釈と鑑賞」昭57・12）において、〈宮沢賢治の『心象スケッチ』は、大正十四年の秋に、ある種の方法上の困難さにゆきあたるとして、現実に心中に期している農民への志向と、内なる心象との乖離を指摘しながら、〈『春と修羅・第二集』は、修羅から百姓へという転身の軌跡を内に秘めていることになる。修羅はもちろん「心象」の世界に住みつくもの、「心象」の世界以外に住むべきところをもたないものの謂だが、これに反し、百姓は決して「心象」の世界には住むはずもないものである。それゆえ、第二集は、宮沢賢治の心象界そのものの解体を意味していることになる〉として、内的モチーフの揺籃と解体という、作家と作品とののっぴきならない関係性を指摘しているが、こうした観点からのさらなる論究が待たれる。

また、栗原敦は「『春と修羅』第二集〈解説〉」（佐藤泰正・編「別冊國文學№6　宮沢賢治必携」昭55・5）で、第一集に近い〈宇宙感覚・自然感受〉の作品が見られる一方、新たに感覚の論理化の意図を示す作品もあり、また、牧歌的な作品があるかと思えば、逆に詩人の不安や孤独を示す作品も見られ、そこには〈現状を賢治自身の現実意識が鋭く告発〉する姿勢を指摘できるとし、また、田中智学の〈法界成仏〉思想と近代科学のイメージの重層化があるとも指摘している。

昭和四十八年に始まった校本の刊行は、第二集の全面的見直しを促しその端的な成果が、杉浦静「宮沢賢治『春と修羅』第二集の構想　試論」（「日本文学」昭60・11）で、氏は先ず第二集の詩篇の最終形態に至る時期は十年近くの幅があるとし、〈現在目にする第二集を、その賢治自身の指定した期間の、賢治のなまの感情や思想の表現された場と考えることはできない。大正十三、四年から昭和八年に至る時間が雑然と層をなした場として、現行第二集を考えねばならない〉と提言する。

さらに、賢治は生前三度第二集の刊行を意識した時期があるとし、二度目までの構想を検討する中でそれに先立つ〔メモ・手帳〕の段階では〈現行の第二集に収められている詩より、多数の詩が書かれ〉、〈最大限、現存する作品番号の間を埋められるだけの作品があった可能性が考えられる〉としながら、現行の形態は、〈大部分の詩の下書稿㈠の第一形態が成立してゆく時に、選択がおこなわれたことを意味しよう〉としている。これは、入沢康夫の論（新修版全集第三巻〈詩Ⅱ〉「解説」）があきらかにしたように、「序」の草稿が書かれた時期に、下書稿㈠の最終形態が成立した見地に立つ。

氏はさらに、下書稿㈠の用紙に印された二種の記号の検討をとおして、それが〈作品選択の目印〉と考え〈その総数三九篇を、『序』を書いた段階での第二集として、構想した〉と結論づけている。

作品形成過程を綿密に辿り作品創造の内部に分け入ったもので、従来の見方を大きく変えるものでもある。

また、その第二集として構想した三九篇を、さらに作品の傾向や内容別に五群に分類し、とりわけ自然のスケッチの作品が多いことに触れ、〈自然の種々の様相を有機的に表現する場として、第二集を構想した〉と述べている。氏はさらに「宮沢賢治『春と修羅』第二集の構想　試論（二）―昭和三年初夏に構想された詩集本文の復元」（「大妻国文」17、昭61・3）を書いている。

しかし、依然として作品の内実に関することとして、佐藤泰正の〈社会的な志向への微妙な推移〉（『日本近代詩とキリスト教』昭43・11、新教出版社）や、分銅惇作の「宮沢賢治『曠原淑女』」での、〈第二集からは、『農民芸術論』の構想が実践への方向を求めて成熟していく過程をさぐることができる〉（「國文學」昭42・4）という提言や、小沢俊郎「けわしく暗い―農村へ」（「四次元」200、昭43・1）、小原忠「農村への道」（「賢治研究」13、昭48・4）などの作品の背景を辿る論考と、またその延長線上での〈農事詩〉から〈農民詩〉の転換をみる吉見正信「宮沢賢治―修羅の道程」（『岩手の文学　評価と展望』所収。昭53・4、北流編集委員会編）なども見逃せない。その他古沢由子「『春と修羅　第二集』と「思索メモⅠ」―宮沢賢治の晩年の思想について」（「都大論究」23、昭61・3）などがある。

以上のような、詩集の構想や作品形成過程についての論考の他、今日まで作品論が書かれているが、代表的なもの、作家論的関心の引くものに限られる傾向があった。

最近では、原子朗「詩『水源手記』—〔いま来た角に〕考」（「國文學」昭53・2）、伊藤真一郎「宮沢賢治『旅程幻想』」（「國文學」昭54・9）、同「『旅程幻想』における宮沢賢治の旅」（安田女子大学「国語国文学論集」11、昭57・9）、小野隆「告別（三八四）」、宮沢賢治「〔そのとき嫁いだ妹に云ふ〕（五〇六）」（「國文學」昭59・1）、谷口忠雄「宮沢賢治作品『林学生』及び『社会主事　佐伯正氏』」（「春日丘論叢」29、昭60・4）がある。

また木村東吉「『春と修羅』第二集　私註と考察その一『空明と傷痍』」（「島大国文」16、昭62・11）、同「『春と修羅』第二集　私註と考察その二『薤露青』」（島根大学教育学部「紀要」21、昭62・12）、伊藤真一郎「宮沢賢治『曠原淑女』」（「國文學」昭62・3）、杉浦静「『曠原淑女』（宮沢賢治）—『イーハトブ』への志向・素描」（「言語と文芸」100、昭61・12）、伊藤真一郎「『早春独白』幻想考」（「国文学　解釈と鑑賞」昭63・2）など、他の作品に触れることも多くなった。

また、まとまった作品論として、原子朗「鑑賞」（『宮沢賢治』〈現代詩鑑賞講座6〉昭44・8、角川書店）、小沢俊郎『薄明穹を行く—賢治詩私読』〈宮沢賢治叢書8〉（昭51・10、学芸書林）、原子朗編『宮沢賢治』〈鑑賞日本現代文学13〉（昭56・6、角川書店）、恩田逸夫『宮沢賢治2—詩研究』（昭56・10、東京書籍）などがあり、特に小沢論はこれまで論じられなかった作品を取り上げている。

【問題点】

杉浦論によって昭和三年時点の構想が明らかになったが、それまでのものあるいはその後を含め、推敲（手入れ）過程の検討という作品形成の問題は依然課題として残っている。例えば些細なことだが、頭番号の欠落（二百番台がまったくないこと）や、番号のばらつきなども検討すべき課題の一つだろう。

また、そうした作品形成と併せてこれまで第一集から第三集への橋渡し的詩集と見られがちだった第二集の、何より偏ることのない本格的な作品論が期待される。作品のグルーピングによる内容ごとのテーマの解明、作品全体の構成意図、さらには第二集の独自性とはなにかなど、これからの検討課題は少なくない。さらに作家論的観点を導入すれば、賢治の生活史の過程にある教師から農民への志向・転換と、第二集の開かれた感性とそれの論理化（認識）を、どのように相乗的に開示し得ているかを究明すべきであろう。

第四節　宮沢賢治と近代詩人
―同時代詩人の受容と展開―

【概要】

賢治への先人からの投影という時、大正から昭和初期の近代詩の流れを捉える必要がある。萩原朔太郎の象徴詩から大正中期の民衆詩、アヴァンギャルド詩運動、プロレタリア詩、そしてモダニズム詩と、近代詩はその歴史の大転換点にあった時期であり、賢治の詩作活動はその渦中にあったのである。

今日まで指摘されているとおり、北原白秋、朔太郎と「感情」詩派、高村光太郎、草野心平と「歴程」ほか、新しい詩的動向が賢治の詩作的営為と同時進行していたのである。とすれば、賢治詩の独自性を認めつつ、また類似や模倣の次元だけでなく、詩法や思想の範疇としてこの時期の詩人との関連性を明らかにすべきであろう。

【研究の現在】

賢治の近代詩投影の研究は、恩田逸夫の「宮沢賢治における比較対照研究の領域」（「四次元」60、昭30・4）に始まるといっていい。その中の「2　自國における影響交流研究」で、賢治の制作史と時代の文芸思潮を対応させながら、先行・同時代の詩人・詩派との関連を概観している。白秋、朔太郎、光太郎、山村暮鳥のほか、広く時代思潮としての民衆派・人生派や、アヴァンギャルド詩運動との関連を示唆し、その他文壇、童話界や比較文学として外国の文学にも及んでいて、その観点は今日においてなお有効である。

氏は他に、「宮沢賢治における白秋の投影」（「四次元」81、昭32・4）があり、二人に自然への宗教的美意識の傾向を見、用語上の類似を指摘した。また「宮沢賢治と八木重吉」（「國文學」昭39・6）等がある。

石川啄木の短歌との関連は、森荘已池「宮沢賢治の短歌」（「日本短歌」昭15・4）や、及川均「宮沢賢治の短歌と詩の間―啄木を継いだもの―」（「短歌研究」昭31・9）、高橋良雄「宮沢賢治の短歌の行分け」（「学苑」昭38・1）、磯貝英夫「日本近代文学史における宮沢賢治」（「日本文学」昭43・10）等多い。また他の歌人については岡井隆「ささやかな交差―宮沢賢治と斎藤茂吉―」（「ちくま」61、昭49・5）や、前衛短歌として見た三浦忠雄の「前衛短歌の先駆―独断的賢治短歌論ノート―」（「北流」8、昭49・10）も注目される。

山本太郎「白秋と賢治」（『詩のふるさと』昭40・8、思潮社）は、両者に〈詩の音楽性〉〈定着方法の自由さ〉に共通性を見る。山本には他に、「宮沢賢治と『歴程』の詩人たち」（日本近代文学館編『日本の近代詩』昭42・12）がある。大岡信「宇宙感覚と近代意識―『歴程』、心平、光太郎、昭和詩の問題・3―」（「文学」昭40・9）は、特に草野心平との比較論に見るべきものがある。

また原子朗「旅人かえらず―宮沢賢治と西脇順三郎―」（「文学」昭42・6）は、本格的な同世代詩人との比較論。文体としての〈土俗精神〉や、〈詩語の本質的な軽やかさ〉、さらには、詩の内在律としての〈内面的リズム〉、堅持する〈未完成主義〉など、両詩人の〈精神の自由の言語的実践〉を批評した貴重な論考である。境忠一の「宮沢賢治への近代詩の投影」（『評伝　宮沢賢治』昭43・4、桜楓社）は、恩田論等を受けて啄木、白秋、朔太郎、暮鳥を取り上げ、一歩踏み込んだ投影論を展開している。境には他に、「『銅鑼』の詩人　宮沢賢治」（「文学・語学」47、昭43・3）がある。

高村光太郎との関連は、既に黒田三郎「高村光太郎と宮沢賢治」（岩波講座『文学の創造と鑑賞』昭29・12）があり、また草野心平「光太郎と賢治」（『わが光太郎』昭44・5、二玄社）があるが、光太郎、朔太郎、賢治を通して〈仏数的な精神風土と近代詩のかかわり〉を論じた、分銅惇作「近代詩における宗教意識の問題―『道程』から『春と修羅』へ―」（「国語と国文学」昭47・12）は見逃せない。氏には他に、「啄木と賢治のことなど」（「実践国文学」22、昭57・10）があり、また中原中也との関連として「詩人像とその位相―宮沢賢治の影響をめぐって―」（『中原中也』〈講談社現代新書365〉昭49・9）がある。

小野隆「賢治と先行文学―啄木・白秋・暮鳥・朔太郎など―」（「国文学　解釈と鑑賞」昭57・12）は、先行文学との関連を模倣と影響とに大別する提言があり、先行論をまとめながら、与謝野晶子、啄木、白秋、朔太郎、室生犀星等の影響を見、方法を貪欲にとり入れ、本質を侵すことなく詩的方法としての心象スケッチを獲得したという。また世代の重なる二人は〈表現者としての道〉を共有するとする、栗坪良樹「賢治とモダニズム文学―横光利一との関連で―」（「国文学　解釈と鑑賞」昭57・12）は、これまでの比較論になかったもので注目される。

この他、「四季」派との関連として、たなか・たつひこ「立原道造と宮沢賢治」（「四次元」95、昭33・7）、受容を論じた飛高隆夫「宮沢賢治と『四季』の詩人たち」（『中原中也と立原道造』昭51・10、秋山書店）、安藤靖彦「宮沢賢治とその時代背景としての『白樺』」（『日本近代詩研究　私説』昭51・9、桜楓社）や、また研究史としての奥田弘「賢治と新しい詩の運動」（「國文學」昭50・4）、萬田務「賢治と近代詩人」（佐藤泰正・編『宮沢賢治必携』〈別冊國文學No.6〉昭55・5）なども必見である。

【問題点】

従来は、ややもすると表現上の投影に焦点が当てられた傾向があった。むろん糸口として重要だがそうした投影論としての類似・模倣もさることながら、原論の西脇との比較に見られるように、同世代詩人の詩語、リズム、精神と文体、あるいは思想といったトータルな論考が期待される。この観点は、比較詩人論として先行・後代ともに有効なものであり、これはまた詩人に限らない。またこれまで比較された詩人の論考のさらなる進展だけでなく、心平やモダニズム詩との関連はもっと論じられていい。

第五節　「東京」ノートと「東京」、「装景手記」ノートと「装景手記」、『春と修羅　第三集』と『春と修羅　第三集補遺』

「東京」ノート(1)

ノート。〔執筆時期〕昭和三～五年と推定。〔初出・初刊〕なし。〔内容〕「浮世絵展覧会印象」などの詩群の他、短歌に対応する歌があったり、文語詩に関連するものがあったり、さらに口語詩や短篇との関連が考えられるものを含む。

〔評価〕作品の構想・執筆時期は端的には推定しがたい。盛岡高等農林学校時代の大正五年から昭和三年の上京時までの作品と、盛岡中学から高農時代の短い備忘録的・日録的なメモも末尾に記されている。詩作品として昭和三年の上京時のものを見ると、都会と地方、知識人と労働者など二項対立の図式が混在し、晩年にかかる賢治の思念の揺動が著しく興味深い。推敲され開かれた形に向かうであろうものが、ついに達成されずノートとして残されたものである。それだけに一つの詩集としてだけでなく、全く違った作品（脚本や童話）への変貌も否定できない。

「東京」（2）

詩。〔執筆時期〕昭和三～五年頃と推定。〔初出・初刊〕なし。〔内容〕「東京」ノート中の、詩篇と見なされるものを指す。作中に記された日付から、大正五年の高等農林の修学旅行から昭和三年の上京時までが収録されている。長短合わせて七篇の詩と、また〔東京〕の題の下に掲出されたものは、短歌・短唱・独立詩篇的なものを含み、それらはさらに改変・改作されるであろう過途的形態の特色を示す。関わった〈東京〉についての詩作を、「東京」として構想しまとめようとしたもののようである。校本全集で項目として独立させたもの。

〔評価〕詩（あるいは詩集）として構想された作品に散見する、その特色・傾向を何篇かに見てみると、美の世界の捕捉とそれへの感動・陶酔に根ざしたもの（「浮世絵展覧会印象」「恋敵ジロフォンを撃つ」）。現代社会への皮肉や諧謔を含む批判に根ざしたもの（「高架線」「光の渣」）。批判すべき現代社会への憂慮と人間恢復の祈りに根ざすもの（「自働車群夜となる」）。都会に対する違和感と疎外感を、一インテリの苦悩や不安として示すもの（「神田の夜」）などがある。美の享受に心酔するインテリの一面を見せるかと思えば、都会と地方、インテリと労働者、共鳴と拒絶といった二項対立の図式のなかで、ひたすら苦悩し不安がる面をも見せている。

長年の詩作にテーマの統一を図るのは困難だが、〔東京〕の題の下に掲出された作品は、文語詩との関連が多く、その比較を通して究明すべきである。またその意味で同時期に成立した「装景手記」ノート、そして「文語詩篇」ノートとの比較検討も必要である。

〔参考文献〕

・池川敬司「賢治の『東京』詩編」（『宮沢賢治とその周縁』平3・6、双文社出版）
・中野新治「『装景手記』と『東京』」（『宮沢賢治・童話の読解』平5・5、翰林書房）

「装景手記」ノート(3)

ノート。〔執筆時期〕昭和五年頃と推定。〔初出・初刊〕なし。〔内容〕本ノートAとしての詩「装景手記」と、他に口語詩草稿断片として保存されたB〈澱った光の澱の底〉と、C「華麗樹種品評会」を含む。

〔評価〕詩作（詩集構成）ノートの形態をとりながら、俳句（五十句弱）があり、脚本と思われるようなメモ・場面の列記があったりで、明確な方向性は見えない。収録された詩は、独立したA、B、Cだけでなく、断片的な作品五編や他の詩篇（「口語詩稿」など）の下書稿の他、文語詩化未完・メモなどを含む。ノートのタイトルから、詩集「装景手記」を軸にかんがえるべきだろうが、その「装景手記」Aに見られる宗教的思念は、必ずしも展開されてなく、「風土」の装景化がかろうじて、B

〔澱った光の澱の底〕やC「華麗樹種品評会」に認められるだけである。他の詩篇の下書稿、文語詩化の未完・メモがあったりと、詩集構想ノートとしても課題が多い。

「装景手記」(4)

詩。**〔執筆時期〕**昭和二～五年頃と推定。**〔初出・初刊〕**なし。**〔内容〕**「装景手記」ノートに収録されている長詩の詩篇「装景手記」と、詩「〔澱った光の澱の泥〕」、「華麗樹種品評会」の二編を含む総称である。校本全集で独立させた項目。

〔評価〕「装景手記」は、「補遺詩篇Ⅰ」の「装景者」や「装景者と助手との対話」との関連が深い。詩人自らの視点を「装景者」とし、宗教的思念のモノローグを含みながら、風景を観察し称賛し、科学的分析をし、設計するといった観点が展開する。

「〔澱った光の澱の泥〕」は、都会（東京）からの帰郷の字句があり、その喧騒に対する違和と、逆に郷里の自然への称賛と融和が語られる。「華麗樹種品評会」は、〈フアイントリーズシヨー〉とのルビも見えるが、杉やはんのきなどの眼前に続く並木の立派さを「品評会」に見立てたものである。

〔参考文献〕

・中野新治「『装景手記』と『東京』」（同前掲）

『春と修羅　第三集』(5)

詩集。〔執筆時期〕大正十五年四月から昭和三年七月。〔初出・初刊〕「一〇八二〔あすこの田はねえ〕」(「聖燈」創刊第壱号、昭3・3。「新興芸術」第一巻第二号、昭4・11。題名二誌とも「稲作挿話」)と、「一〇六八〔エレキや鳥がばしゃばしゃ翔べば〕」(「文芸プランニング」第三号、昭5・11。題名「森」)を除き、生前未発表であり、詩集としても未刊行。〔内容〕作品の日付が「春と修羅　第三集／自　昭和元年（大正十五年の誤記）四月／至三年七月」と書かれた、詩人の指定する期間に入る詩六十九篇を収録している。

〔評価〕従来の研究動向・傾向を跡づけてみると、本集の題材が稗貫農学校退職後の農耕生活（いわゆる羅須地人協会時代）を軸とすることから、まず特定の作品を取り上げ、そうした詩人の伝記と突き合わせる論考が多い。特に「七三五　饗宴」、「一〇二〇　野の師父」、「一〇二一　和風は河谷いっぱいに吹く」、「一〇八二〔あすこの田はねえ〕」などがそれに該当する。

また詩集構想メモの存在は、『第三集』全体の解明の糸口として重要な問題を提示している。昭和六年二月以降のものと考えられる、「第三集」「第三詩集　手法の革命を要す／殊に凝集化　強く　鋭く／行をあけ」、「感想手記　叫び、／心象スケッチに非ず／排すべきもの比喩」というメモである。「手法の革命」、「凝集化」、「感想手記」、「心象スケッチに非ず」、「排すべきもの比喩」などとは一体何かといった、概念内容や詩法の解釈あるいは関連いかんによって、連係・断絶・他の可能性など様々な位相が考えられ、多大な課題を残している。

むろんその後の『第三集補遺』への展開や、さらなる文語詩への飛躍という方向性も視野に置きながら、諸課題を克服するしかない。先立つ「詩ノート」詩群のうち四十二篇が、本集の内容に対応する初期形態を提示していることは、言うまでもなく解明しておくべき前提の一つである。

「構想メモ」の中の「排すべき比喩」について触れると、比喩を排すということには、少なからず疑念を抱く。詩作にとって、少なくとも第一・第二詩集では考えられないことであり、その根底を危うくするといっていいことなのである。詩史においては、詩にとっての「音楽」からすでに時代は「比喩」が取って代わっているのであり、にもかかわらずその後退を自らに課すというのは、そこに相当の理由や決意があってのことであろうと考えられる。比喩によって開示される世界、豊かで深いイメージの世界の可能性を、このメモは自ら抑制し否定したことを強く印象づける。

ただこの問題は恐らく詩人の内部の詩法の問題ではなく、詩の題材の側の問題・要請であると考えられる。それは比喩による豊穣なイメージ世界とは違った、現実や社会といったものへの、直接的な接近（肉迫）こそが、第三集の詩人には必要かつ不可欠なものとして、自覚し決意したものであったと考えられる。これは言うまでもなく詩人の現実指向、社会指向といった、農村共同体とその成員に対する思い入れの度合い（深さ）と不可分なスタンスである。

それと関連し題材という点で避けて通れない問題は、やはり農村共同体を支える人々への詩人の当時の対応である。特に〈農民〉ではなく、ことさらに〈百姓〉にこだわるといった詩人の意識のありようは、詩集の根底を形成する重要な問題の一つであり、また詩集に点在するわたくし・おれの意識の有様という、主要要素とその関係が提示する全構造の解明は、最優先課題である。

伝記研究や主要作品の解析続行は言うまでもないが、また「詩ノート」から『詩集補遺』へと展開する、ダイナミックな詩的創造の全体を解明するためにも、その中間に位置する『第三集』を読み解くことは不可欠である。ただ何より『第三集』を一詩集として、その全貌を見渡しての手堅い構造の解明は急がれる。何故ならその観点から、構想メモの内実、現実・社会への冷徹な思考、削ぎ落とした手法・詩法といった、重要な課題も解きほぐされる可能性があるからである。

〔参考文献〕

・谷口忠雄「宮澤賢治『春と修羅』第三集の時代」（一～五）（「春日丘論叢」24～28、昭55・4～59・4）
・佐藤通雅「〈農民〉と〈百姓〉の狭間・『春と修羅　第三集』論」（「宮沢賢治」11、平4・1、洋々社）
・杉浦静「『春と修羅　第三集』の生成」（同前）
・栗原敦「＊編集室から」（【新】校本全集第四巻「月報 6」平7・10、筑摩書房）
・宮沢賢太郎「『春と修羅』第三集の一人称研究」（「白百合女子大紀要」38、平14・12）

『春と修羅　第三集補遺』(6)

詩集。〔**執筆時期**〕特定できず。〔**初出・初刊**〕生前未発表。〔**内容**〕【新】校本全集（第四巻収録）ではじめて命名したもの。旧校本全集では『春と修羅　詩稿補遺』と仮称し他と一括していた作品群であったが、これまでの『詩稿補遺』の検討を通して、作品が逐次的に発展や展開を示し、かつ日付や作品番号のないものの中で、それらが『第三集補遺』として作品を特定できるもの十一篇を収録している。従って、『第二集補遺』や「口語詩稿」とは峻別された。

〔**評価**〕「補遺」の原義（もたらしたもの、拾い補うこと）というより、ここではむしろ意図的・意欲的に詩人が、『第三集』へ、さらなる『補遺』という流れを考える時、そこに進捗する詩人の創造のダイナミズムを辿ることができるというだけでなく、詩人の詩作のプロセスとしての、ある詩集とその関連作品の総体の、始源と現在を知る上での、それらは恰好の作品群といえる。

またその意味で「詩ノート」や『第三集』の位置づけや意義を究明する上での、逆照射する問題を含むものと位置づけることもでき、またそれは不可欠な手順となる作品群なのである。『第三集』の創造プロセスが決定されていないもの、さらにその後改作される作品を含むなど、様々な問題を内包する作品群であり、また「疾中」詩篇との連繫と分断など検証すべき課題は多い。

〔参考文献〕

・栗原敦「＊編集室から」（【新】校本全集第四巻「月報　6」同前掲）

注

（1）【新】校本全集第四巻［詩Ⅴ］の「本文篇・校異篇」を参照。
（2）前掲注（1）全集参照。
（3）前掲注（1）全集参照。
（4）前掲注（1）全集参照。
（5）【新】校本全集第四巻［詩Ⅲ］の「本文篇・校異篇」を参照。
（6）前掲注（5）全集参照。

第五章　文学と音楽のコラボレーション

大木愛一氏

田中紘二氏

筆　者

文学と音楽の交感──宮沢賢治童話「セロ弾きのゴーシュ」を通して──

チェリスト　大木愛一
弁　　士　池川敬司

はじめに

本日は、宮沢賢治の童話「セロ弾きのゴーシュ」を通して、文学と音楽の交感をしてみたいと思います。この会（春の音楽祭）は年来、音楽の大木愛一先生が担当していたのですが、昨年授業（総合演習）のなかで私（池川）と同じような試みをしたこともあって、この会でもどうかという話になり、実現したものです。今ふうにいえば、文学と音楽のコラボレーションということにもなります。皆さんに喜んでいただければ幸いと思っております。

さて童話「セロ弾きのゴーシュ」は、賢治童話の中でも多くの人々に知られた作品です。作品の中に、金星音楽団という映画館所属の交響楽団が出てまいりますが、その一員でチェロ担当のゴーシュを主人公とする話です。ゴーシュはこの楽団の中で、最初は問題を抱えた団員として描かれています。しかし近々町の音楽会で演奏する《第六交響曲》のために、楽長に叱責を受けながら、さらに帰宅した後も猛練習を続け、その努力が実って音楽会で見事な演奏をし、その上アンコールに応えて称賛されるという、いわばサクセスストーリーになっています。

ゴーシュの演奏の成功は、言うまでもなく彼の人並みはずれた練習や努力の賜物なのですが、帰宅後の彼に関わる複数の動物たちとの交流が、またその成功には大きく関わっています。順番でいいますと、猫、かっこう、狸の子、ねずみの親子ということになりますが、それぞれゴーシュの音楽的成果を導く動物たちとして描かれています。それぞれの動物との交流の中で、また様々なゴーシュのチェロの演奏が展開します。そうした中で、チェロの演奏にとって必要なこと、大事なこと、心構え等について、ゴーシュは学び成長し、同時に猛練習に明け暮れて音楽会に臨むわけです。

さて今日の我々の試みの進め方ですが、わたしが童話についての話をしながら、作品で紹介されその時々に取り上げ話題になる曲を大木先生に演奏をしていただきます。

一

この作品がどう展開しているのか、まずあらかじめその構成を紹介しておきたいと思います。この作品の構成は、起承転結（日数にして十日間前後の事象）と見ることが出来ます。

〔起〕　ゴーシュの所属する金星音楽団の練習風景（団長に注意され、叱られるゴーシュの姿）

〔承転〕ゴーシュの猛練習と動物たちとの交流（猫／かっこう／狸の子／ねずみの親子）
〔結〕町の演奏会での成功（《第六交響曲》の演奏／アンコールで弾く、ゴーシュの「印度の虎刈」／かっこうへの謝罪）

ということになります。言うまでもなく〔承転〕にあたるゴーシュの猛練習とその都度訪れる動物たちとの交流が、この作品で最も注目する部分ということになります。

ところで童話としてこの作品はどのようにこれまで評価されてきているのか。特に主人公ゴーシュはどう評価されているのか。従来の見方を簡単に紹介しますと、芸術や音楽について素人に近いプロ。プロでも音楽の基本的なものが欠落している。まあそのような評価の仕方、されかたをしているように思われます。

しかし考えてみればすぐ分かることですが、そうした評価の人物が、プロ集団にまじって《第六交響曲》の練習など出来るはずがないということです。設定そのものが無理ということになるからです。なぜなら彼〈ゴーシュは町の活動写真館でセロを弾く係りでした〉とあるように、ゴーシュはまぎれもなくプロの金星音楽団の一員で、決して素人ではありません。（と言うのも、如何なる鍛錬を経たとしても、素人がプロ級の腕前になるなどということは、絶対に音楽の世界ではあり得ないからです。）

ゴーシュが金星音楽団の一員として練習している場面から、この作品は始まります。作品の冒頭は、団員の練習が次のように描かれています。

ひるすぎみんなは楽屋に円くならんで今度の町の音楽会へ出す第六交響曲の練習をしてゐました。

トランペットは一生けん命歌ってゐます。

ヴァイオリンも二いろ風のやうに鳴ってゐます。

クラリネットもボーボーとそれに手伝ってゐます。

ゴーシュも口をりんと結んで眼を皿のやうにして楽譜をみつめながらもう一心に弾いてゐます。


と、金星音楽団員やゴーシュの練習に熱中する様子が描かれています。ところでここで演奏されている《第六交響曲》とは何なのでしょうか。明確にその曲名や作曲家の名前が書かれていませんので、研究の上でもさまざまな憶測や推測が行われています。従来の主なものは、ベートーベンの「田園」、あるいは一時期第五と第六の順番が逆になっていたことがあったことから「運命」という見方もあります。しかし私はこの《第六交響曲》は、チャイコフスキーの交響曲第六番「悲愴」であり、さらに楽章も絞り込んで「第三楽章」と考えています。（246頁、Ⅰ参照）

具体的にその理由を申し上げてみましょう。①作中の冒頭に描かれる楽器構成による曲想は、「田園」にも「運命」にも該当する楽章がありません。それらに比して②「悲愴」の「第三楽章」は、この作品冒頭に描かれた楽器構成や演奏の様子に近いものがあり、またチェロのパートはかなり難しい内容になっております。またそのリズムパターンを単純化すると、実は賢治の作詩・作曲したよく知られている「月夜のでんしんばしら」に極めて似ているのです。（247頁、Ⅱ・Ⅲ参照）

［──ここで、CDによる「悲愴」「第三楽章」[1]と、「月夜のでんしんばしら」の演奏[2]──］

私の推測ですが、賢治は心に残る「悲愴」「第三楽章」のリズムの基本パターンを学び記憶していて、後に「月夜のでんしんばしら」を作る時に、それを取り入れたのだと思います。

二

作品の冒頭に描かれている通り、ゴーシュは〈町の活動写真館でセロを弾く係り〉として、間違いなくプロフェッショナルだったのですが、しかし金星音楽団の中では、〈あんまり上手でないといふ評判／実は仲間の楽手のなかではいちばん下手でした〉（というのは団員の中での相対評価であって、下手＝素人ということではない。傍点＝筆者）というのも間違いない事実です。そういったことから後でも述べますように、楽長を悩ましいつもその注意を受けています。そんなゴーシュですが短期間に見違えるようにチェロが上達し、聴衆だけでなく楽団の仲間をも驚かせるというのが、この作品のあらましです。

Ⅰ　「悲愴」第三楽章：61 ～ 67 小節（抜粋）

Ⅱ　「月夜のでんしんばしらの軍歌」

宮沢賢治・作詞作曲
阿部　孝・採譜

行進曲ふうに
ドッ テ テ ドッ テ テ ドッ テ テ ド
ドッ テ テ ドッ テ テ ドッ テ テ ド
で ん し ん ば し ら の ぐ ん た い は
に ー ほ ん う で ぎ の こ う へ い たい
は ー や さ せ か い に た ぐ ひ な し
ろ っ ぽ ん う で ぎ の り う き へ い
ドッ テ テ ドッ テ テ ドッ テ テ ド
ドッ テ テ ドッ テ テ ドッ テ テ ド
で ん し ん ば し ら の ぐ ん た い は
い ち れ つ い ち ま ん ご せ ん に ん
き ー り つ せ か い に な ら び な し
は り が ね か ー た く む す び た り

Ⅲ　リズムパターン

上段：「悲愴」第三楽章。
下段：「月夜のでんしんばしらの軍歌」。

このあらましからすれば、プロ集団の中の下手なセロ弾きが刻苦勉励、切磋琢磨して奇跡を起こす根性物語、端的に言えばサクセスストーリーということになります。確かに結果的にはそうも読めますが、ただしその場合も、セロ弾きのゴーシュのレベルが一定以上の力量を持ったプロという前提を忘れてはなりません。大事なことはゴーシュが、楽長を悩まし他の楽手の足を引っ張っていることに自覚的であり、プロとしては当然のことながら、練習に一生懸命であり人一倍の努力家であるということです。そのことがよく現れている場面を、以下見てみましょう。

ゴーシュも口をりんと結んで眼を皿のやうにして楽譜を見つめながらもう一心に弾いてゐます。

ゴーシュは顔をまっ赤にして額に汗を出しながらやっといま云はれた［と］ころを通りました。みんなはまたはじめました。ゴーシュも口をまげて一生けん命です。

気をとり直してじぶんだけたったひとりいまやったところをはじめからしづかにもいちど弾きはじめました。

このように他の楽手について行こうと努力するのですが、にもかかわらずゴーシュはいくつかの問題を抱えています。それは技術的な欠陥なのか、あるいは精神的なものなのか考えてみますと、結論として言えることは、プロとしてゴーシュの演奏に臨む姿勢や精神に問題があり、その上彼の使う楽器（チェロ）も具合が悪かった。

その辺の事情を、以下楽団の練習で彼が楽長に注意を受ける場面を通して明らかにしてみましょう。

注意を受ける場面①

――音楽における《余裕》――

ゴーシュも口をりんと結んで眼を皿のやうにして楽譜を見つめながらもう一心に弾いてゐます。みんなぴたりと曲をやめてしんとしました。楽長がどなりました。「セロがおくれた。トォテテ　テテテイ　ここからやり直し。はいっ」。《ママ》みんなは今の所の少し前の所からやり直しました。（傍点＝筆者、以下同）

ここでの〈セロがおくれた〉原因は、〈眼を皿のやうにして楽譜を見つめながらもう一心に弾いてゐます〉と描かれていることからも分かるように、ゴーシュは演奏に熱中はしていても、楽長の指揮や、コンサートマスターの音を聴きつつ弾いているのではないので、他の楽手と歩調を合わせることができず遅れるからです。交響楽団の演奏は、言うまでもなく、指揮者やその指揮に従うコンサートマスター（第一バイオリン）によって進行して行くのですが、結論から言えば、ゴーシュはそれについて行けないというように描かれています。

注意を受ける場面②

—テクニックか楽器か？—

ゴーシュは顔をまっ赤にして額に汗を出しながらやっといま云はれた［と］ころを通りました。

ほっと安心しながら、つゞけて弾いてゐますと楽長がまた手をぱっと拍ちました。

「セロっ。糸が合はない。困るなあ。ぼくはきみにドレミファを教へてまでゐるひまはないんだがなあ。」

ここでの〈糸が合はない〉原因は、チェロの音程が狂っているということになりますが、その原因として、先ず①ゴーシュの調弦が悪かったことが考えられます。ゴーシュは〈あわてゝ糸を直しました〉〈調弦した〉とあります。ただし、〈ゴーシュも悪いのですがセロもずゐぶん悪いのでした〉ともあり、後の方でも書いてありますが、セロに穴が開いていたり、またしっかり調弦してもコマと呼ばれる弦を締めつける部分が、弛みやすくなっていたとあるように、②チェロそのものが悪いとも考えられます。また、〈ほっと安心しながら、つゞけて弾いてゐますと〉とあるように、ちょっとした③弾き手＝ゴーシュの油断や気の弛みも無関係ではないでしょう。いずれにしてもゴーシュは、そこまで気を回す余裕がないと言ったふうに描かれています。

注意を受ける場面③

—音楽における《表情・感情》—

「おいゴーシュ君。君には困るんだがなあ。表情といふことがまるでできてない。怒るも喜ぶも感情といふものがさっぱり出ないんだ。それにどうしてもぴたっと外の楽器と合はないもなあ。いつでもきみだけとけた靴のひもを引きずってみんなのあとをついてあるくやうなんだ、困るよ、しっかりしてくれないとねえ。光輝あるわが金星音楽団がきみ一人のために悪評をとるやうなことでは、みんなへもまったく気の毒だからな。（後略）」

楽長の叱責にある〈表情といふものがまるでできてない〉というのはどう言うことか考えてみましょう。楽器演奏者は、通常曲の中の自分のパートに込めた作曲家の思いを理解し解釈して、演奏の上での味わい深さや音の豊かさを表現することが大切なのですが、ゴーシュはそれがどうも充分出来ていないということになります。つまり、曲の中にある喜怒哀楽の表情（感情）が、ゴーシュの演奏上に充分表れていないということになります。

また〈外の楽器と合はない〉と叱責されていますが、その原因を考えてみましょう。これは交響楽に限りませんが、ソリストでないかぎり、曲の演奏上どうしても他の演奏者の楽器と合わせる必要があるのは当然なのですが、如何せんゴーシュには余裕がないからか、遅かったり早かったり、時々他の楽手の楽器と合わないと言われています。

三

楽長の叱責を何度も受けますが気を取り直したゴーシュは、その晩から猛練習を始めます。その前に登場し音楽的・心的交流をするのが、最初にも触れましたが猫、かっこう、狸の子、そしてねずみの親子であります。では最初の訪問者、猫から見てみましょう。

その一・猫の訪問

―《表情・感情》の会得―

ゴーシュはこの猫に対してあからさまに不快感をあらわにします。と言うのも猫が土産と言って持参した半熟のトマトは、実はゴーシュの畑から採って来たものだったこと。その物言いが大層偉そうなこと。さらには、ゴーシュが怒っているのにも構わず、〈シューマンのトロメライをひいてごらんなさい。きいてあげますから〉と横柄な態度を取り続けたこと等が、その理由にあげられます。

ゴーシュは生意気な猫だとしゃくにさわり、どうしてくれようかと考えます。そしてあることを思いつき実行します。それは家の扉をしめて猫を閉じ込め、自分は耳に栓をして「印度の虎刈」という激しい曲を弾き、猫をこらしめようというものでした。この目論見は見事に成功し、さらに最後の止めとして、猫の舌でマッチを擦ります。驚いた猫は慌てふためいて逃げ帰って行きます。

ゴーシュを訪問し交流する動物たちは、現在苦境に立たされているゴーシュの音楽に、何らかの形でヒントやらアドバイスやらを与える存在として描かれています。この猫の場合はどうかと考えると、何かを残すどころか、ただゴーシュを怒らせただけのように見えます。確かにゴーシュも猫の態度や物言いに激怒して、ちょっとした悪さをしたくらいにしか感じていないのですが、この童話での猫の存在は、音楽にとっての表情とは何かという点について、たとえそれが猫への不快・怒りをあらわにするための曲目や演奏であったとしても、ゴーシュ自ら一つの明解な回答を、結果的に示していると言えます。

それは、以前ゴーシュにはないと楽長に言われた〈喜怒哀楽〉の内の、怒りの表現（情）です。猫の驚き慌てふためく様子から、そこに激しい怒りの迫真の音（表情）があったことは明らかです。しかもこのことは、後のことになりますが、演奏会でのアンコールに、この曲をゴーシュが選んで演奏しており、無意識裡にこの時の曲の出来ばえを、ソリストゴーシュは自覚していたということになります。だとすれば、猫の存在はゴーシュの認める認めないにかかわらず、チェリストゴーシュが自らの演奏に、一つの〈表情〉を獲得したという点で、充分意味のあったことと言えます。

ところで訪問した猫は、ゴーシュを怒らすような言動をした挙げ句、〈シューマンのトロメライをひいてごらんなさい。きいてあげますから〉と生意気なことをいう場面があります。作品では最終的にこの曲名になっていますが、賢治は推敲を重ね曲名が二転三転しているのです。その辺の事情を説明しておきましょう。

シューマン「トロメライ」について、この作品の推敲過程(3)を見ると、この曲名に決定するまでの経緯は、以下の通りです。

最初は―シューベルトの「アヴェマリア」
次に　―グーノー（正しくはグノー＝筆者）の「アヴェマリア」
そして―シューマン「トロメライ」（正しくは「トロイメライ」＝筆者）となっています。

曲名の変更は、賢治のその時の考えがはっきりしていないので、今では分かりませんが、ともかくそれぞれの作品を、大木先生にここで弾いてもらいます。

〔―大木先生の演奏―〕

さらに先生にはもう一つここで演奏をお願いすることになります。と申しますのは、猫の登場場面でもっとも重要な曲は「印度の虎刈」という曲だからです。ただし皆さんもお分かりのことと思いますが、「印度の虎刈」という曲は、チェロ曲としても他の楽器によるものとしてもありません。大木先生との話の中でも難関がこの曲をどうするかでした。しかし先生はそれに相応しいものを用意してくださいました。これから演奏しますのは、クライスラー[4]の「中国の太鼓」という、もともとはバイオリン曲だそうですが、曲想は極めて荒々しい作品上の「印度の虎刈」を思わせるものです。どうぞお聴きください。

〔—大木先生の「中国の太鼓」の演奏—〕

その二・かっこうの訪問

—音楽の《基本》とは？—

かっこうがゴーシュを訪ねたのは、〈音楽を教はりたい〉〈ドレミファを正確にやりたい〉という願いからでした。ゴーシュはそれに対して、はじめは〈おまへの歌は　かくこう、かく［こ］うといふだけぢゃあないか〉と軽くあしらいます。また、かっこうが〈わたしらのなかまならかっか《ママ》うと一万云へば一万みんなちがふんです〉というと、これに対しても〈ちがはないね〉とけんもほろろ相手にしません。しかし懇願されてドレミファを弾く内に、かっこうの音階を〈ふっと何だかこれは鳥の方がほんたうのドレミ［フ］ァにはまってゐるかなといふ気がして〉きます。

ここでゴーシュは自分以外の者の出す音を意識し、しかも基本的な音とは何かということに気づきます。言い換えれば、自分の音が正しくないことに気づいたということです。そうではあってもしかし、ゴーシュのプロの自尊心はそれを認めようとしません。たとえかっこうが〈ぼくらならどんな意久地ないやつでものどから血が出るまでは叫ぶんですよ〉といってもとりあわず、追い詰められた自尊心のために、かっこうにつらく当たり追い出してしまいます。

しかしかっこうを追い出しはしますが、ゴーシュは他者の出す音や他者の意見など、演奏の上での他者の存在の意味というものを、強く自覚せざるをえなくなるのであります。かっこうのどこまでも正確にドレミファを教わろうとする真剣な態度、単純ではあっても必死に鳴きつづける行為など、かっこうのそうした真摯な姿勢は、鳴くこと＝生きることという存在の一元的なあり方があり、それに接したゴーシュは否応なく、音楽と自己の関係について、その何かを学ばざるをえなくなったと言えましょう。

作品の最後の場面で、ゴーシュは独り呟くようにかっこうに謝りますが、怒ったのはプロの自尊心を守ろうとしたと同時に、見方を変えれば正しく弾けない自己の不甲斐なさと、そこからくる自らへの憤りが、そのままかっこうへの怒りとして向けてしまったことへの、それはまた反省の表明であったと、まずは考えられます。

その三・狸の子の訪問
――音楽上の《協和》――

狸は狸仲間の小太鼓の係をしており、みんなにゴーシュの〈セロへ合せてもらって来い〉といわれてやって来ます。「愉快な馬車屋」という、ゴーシュにはへんてこりんな曲が、それでもセロの駒の下のところを子狸が叩くリズムを聴く内に、これは面白いとゴーシュは興に乗ります。

ゴーシュはここで初めて、他者との音楽上の一致を実感します。そのせいか子狸が〈ゴーシュさんはこの二番目の糸をひくときはきたいに遅れる〉と指摘されても決して怒らず、はっとしながらも、〈たしかにその糸はどんなに手早く弾いても［す］こしたってからでないと音が出ないやうな気がゆふべからしてゐた〉と、むしろ自ら認めるに至ります。

〈二番目の糸をひくときはきたいに遅れる〉というのは、チェロのせいであることに間違いないのですが、しかしこれまでのゴーシュとは違い、そのせいだと誤魔化したり怒ったりせず、むしろ音がそのせいで正確に出せないことを素直に悲しんでいる様子には、技術上の自らの稚拙さを自覚するという形ではあっても、ゴーシュの音楽への認識の深まりを読み取ることが出来ます。

いずれにしても狸の子の訪問でゴーシュが学んだことは、他者と音楽上の一致を見たことであり、さらにそれがいかに自分にとって、面白いものであり愉快であるかを知ったということになります。

その四・ねずみの親子の訪問

――音楽の《癒し》――

ここでは、ゴーシュのセロの〈ごうごうひゞく〉音色が、ここらにいる〈みんなの病気〉を癒すということが明らかになります。ねずみの親子の訪問はゴーシュにとって、またとない自信を恢復させ、プロとしての自覚を確認させる契機になったということでもありますが、また何より音楽の素晴らしい効果・音楽は時に病をも癒すことを知る契機になったということでもあります。

四

ねずみの親子の訪問の後、ゴーシュを他の動物が訪問することはありませんでした。その後音楽団の発表会までの間も、ゴーシュは昼はこれまでとかわらず金星音楽団での練習に参加しながら、夜は水車小屋の自宅でさらに猛練習をし続ける日々を、間違いなく送ったといっていいでしょう。

そして町の音楽会で、金星音楽団の演奏が成功したことが描かれていますが、それはとりもなおさず、ゴーシュが団員としての責務を果たしたことを意味します。その上アンコールがあり、楽長は〈いけませんな。かういふ大物のあとへ何を出したってこっちの気の済むやうには行くもんでない〉といいながら、〈おい、ゴーシュ君、何か出て弾いてやってくれ〉と指名します。この楽長の言い方の中には、かつて叱責し、揶揄を含んだ注意をしたころのゴーシュではない、《第六交響曲》のセロのパートの表情を十分把握し演奏できる楽手だ、という実感が込められています。

そして動物たちとの交流（四日間）で得た音楽的向上をふくむゴーシュの九日間の猛練習が、その都度金星音楽団の練習でも効果として表れ、ゴーシュの日々の変化（上達）に何より楽長が気づいていたことを、その言葉は暗に伝えているといっていいでしょう。

ゴーシュはアンコールに応えて、〈あの猫の来たときのやうに〉、その曲に合った感情の激しさのおもむくままに、「印度の虎刈」を演奏します。〈聴衆はしいんとなって一生けん命聞いてゐます〉とあり、演奏を終えた後の楽屋でも〈楽長はじめ仲間がみんな火事にでもあったあとのやうに眼をじっとしてひっそりとすはり込んでゐます〉と、これは言うまでもなく聴衆も楽長を含む仲間も、ゴーシュのアンコールにすっかり感動している場面です。

ただ、ゴーシュだけが〈こんやは変な晩だなあ〉といいそれに気づいていません。ここでのゴーシュは、自分の音楽的あるいはセロ弾きとしてのレベルが、どの位ということに気づいていないというとになりますが、しかし言い換えればゴーシュにとって、それは全く問題とすべきことではないといった方が正しいのだろうと思います。

そのことより何より、ゴーシュにとって最も気掛かりなことは、音楽と自己の関係についての最も大切な何かを教えてくれたかっこうへの、ひどい仕打ちのことであります。すでに述べましたように、かっこうのどこまでも正確にドレミファを教わろうとする真剣な態度、単純ではあっても必死に鳴きつづける行為など、かっこうの真摯な姿勢から、ゴーシュは否応なく、音楽と自己の関係についての何かを学んだわけですが、それにしても自らを守り、卑屈なまでにプロの自尊心を傷つけられまいとして取ったかっこうへの仕打ちは、今のゴーシュには取り返しの付かない過失であったわけです。

この作品の最後が、

「あ、かくこう。あのときはすまなかったなあ。おれは怒ったんぢゃなかったんだ。」と云ひました。

と結ばれているのは、そうした音楽と自己の関係についての何かを学び、今後さらにそれを向上させ、それに邁進しようとするゴーシュの、それを教え伝えてくれたかっこうに対する、いつわりのない本心から出た感謝に基づく謝罪であったと思います。

以上、《文学と音楽の交感》と題して、宮沢賢治の童話「セロ弾きのゴーシュ」を題材に演奏とお話をしてきましたが、ここで最後にもう一度、ゴーシュがアンコールでも弾いた「印度の虎刈」を、と言いましてもすでに説明しましたように現存しない曲ですので、その曲想をイメージ化した「中国の太鼓」を大木先生に再度演奏してもらい、文学と音楽のわれわれの交感の試みを終わりたいと思います。

〔―大木先生の「中国の太鼓」の演奏―〕

注

（1）使用したチャイコフスキー「交響曲第六番『悲愴』―第三楽章―」のCDは、『チャイコフスキー交響曲第六番《悲愴》他』（カラヤン指揮、ウィーン・フィルハーモニー管弦楽団、NEW SUPER BEST 10121UCCG-7021、ビクターエンタテインメント株式会社）に収録のものである。246頁に掲出したⅠのスコアは、『TCHAIKOVSKY SYMPHONY No.6 (Pathetique) B-minor Op.74　チャイコフスキー　交響曲第六番「悲愴」ロ短調　解説、堀内敬三』（昭24・12　初版、昭44・10　九刷、音楽之友社）に依った。

（2）使用した「月夜のでんしんばしら」のCDは、『賢治の音楽室』（〈編曲・指揮　林　光〉二〇〇〇年二月、小学館）収録のものである。また、247頁に掲出した図Ⅱの「月夜のでんしんばしらの軍歌」のスコアは、【新】校本全集第六巻詩［Ⅴ］の「本文篇」〈歌曲〉（331頁）に依った。

（3）【新】校本全集第十一巻　童話［Ⅳ］の「校異篇」（291頁下段～292頁上段）参照。

（4）クライスラー（Fritz Kreisler 1875～1962）。オーストリア生まれのバイオリン奏者・作曲家。アメリカに帰化。独特の甘美な音色の演奏で知られる。作「ウイーン奇想曲」など（『広辞苑』より）

【追記】

この試みの最初は、話の冒頭でも触れた通り、勤務する大阪教育大学（実践学校教育講座）の、筆者と大木先生の「総合演習」の授業が最初で、その後、恒例の〈天王寺キャンパス・春の祭典〉として、音響設備の整ったミレニアムホールで、平成十七年三月二十六日（土）に実施したものである。

本章は表題にもある通り、《文学と音楽の交感》のために書いたものである。その後も何度か同じ試みをしたが、その都度推敲し、最終のものにさらに加筆したものを本章とした。また、平成十七年七月十三日（水）には「高大（高校と大学）連携短期講座」（大木・田中紘二・池川担当）として、府立夕陽丘高等学校・清水谷高等学校・八尾高等学校の生徒に対しても実施した。この時のようにピアノが加わったり、その後朗読を入れたりと少なからぬ成果を残し得たと自負している。

ここに同僚である二部実践学校教育講座・音楽教室の、チェリスト・大木愛一先生の試みへの賛同と多大な協力に深謝するとともに、二人の試みに参加することを快諾して下さった、ピアニスト・田中紘二先生、ならびに朗読で世話になった土井那帆子さん（東京芸術大学卒。その後本学に編入学した学生）に記して感謝申し上げる。

またその流れから大木・田中両先生と池川とで、平成十七年十月二十三日（日）、現松阪市波瀬地区で（主催松阪市教育委員会）、出前講座と銘打って宮沢賢治の生涯（池川担当）とその時代の童謡（大木・田中両先生の演奏）のコラボレーションも試みており、この種の試みは今後も継続する意向である。

本章は、文学と音楽との交流と言うことで、童話「セロ弾きのゴーシュ」論ではない。作中の《第六交響曲》を、チャイコフスキーの「悲愴」としたこと―さらにその第三楽章と特定したこと―以外、新見はない。多くの先行研究の助けをおかりした。以下はその主なものである。

〔参考文献〕

・恩田逸夫「プークの『ゴーシュ』」（「四次元」5、昭25・3）
・瀬田貞二「あとがき」（『セロ弾きのゴーシュ』昭41・4、福音館書店）
・村尾忠廣「〈ゴーシュ〉が動物たちから学んだもの―『セロ弾きのゴーシュ』に見られる音楽と教育の思想―」㈠㈡（「音楽教育研究」18・1、2、昭50・1、4）
・続橋達雄「『セロ弾きのゴーシュ』論」（「日本児童文学」別冊、昭51・2、すばる書房）
・重松泰雄「セロ弾きのゴーシュ―〈慢〉という病の浄化」（「國文學」昭57・2）
・中野新治「『セロ弾きのゴーシュ』試論―不軽菩薩としての動物たち―」（梅光女学院大学「日本文学研究」19、昭58・11）
・萬田　努「『セロ弾きのゴーシュ』攷」（萬田　努・伊藤眞一郎編『作品論　宮沢賢治』昭59・7、双文社出版）
・佐藤泰平「第二章『セロ弾きのゴーシュ』私見」（『宮沢賢治の音楽』平7・3、筑摩書房）
・梅津時比古『《セロ弾きのゴーシュ》の音楽論　音楽の近代主義を超えて』（平15・5、東京書籍）

【付記】　本章は、【新】校本全集第十一巻童話［Ⅳ］に依った。

後書き

私の宮沢賢治に関わる二冊目の論集である。前著『宮沢賢治とその周縁』（平成三年六月、双文社出版）の出版から十五年余の歳月が経過した。前著は賢治だけでなく、同時代の萩原朔太郎・三好達治・梶井基次郎の論考も収録したが、今回は賢治論のみの論集である。思えば、賢治論の最初期に、賢治にとって最愛の肉親の死に捧げた《無声慟哭》鎮魂詩群を論じた（同人誌「蔡」Ⅱ号、昭和五十一年五月、北冥舎）。それは二十代半ばのいかにも気負った評論ではあったが、その実、賢治（そしてその詩）への私の関心の所在が分明であるのみならず、対象への切り込みは何ら現在と変わるものではなかった。以下前著に収めた論考の前後に書いたものその後に書いたものを含め、五章に渡る本書に収めた私の研究の軌跡を、若干の解説を添えて認める。

［論文初出一覧、並びに〈解説〉］

第一章は、作家論である。

第一節　宮沢賢治の初恋と短歌―不可解な歌をめぐって―　→初出、宮沢賢治の初恋と短歌―不可解な歌をめぐって―（関西大学「国文学」九一号、平成十九年三月、関西大学国語国文学会）

本節は論中にも触れたが、すでにまとめた論文である、「宮沢賢治の初恋と創作―短歌・文語詩を中心に―」（安川定男先生古稀記念論文集編集委員会編『近代文学の諸相』所収。平成二年三月、明治書院。後、拙著『宮沢賢治の周縁』再録。平成三年六月、双文社出版）の論考と関連しながら、そこでは触れられなかった気がかりな短歌と恋との関係を、改めて論じたものである。初恋の特異な一面を知ることができる。論の理解のために注記を増やしている。

第二節　宮沢賢治と鈴木三重吉―決して交わらない構図―　→初出、Ⅱ　宮沢賢治と近代の表現者たち　鈴木三重吉―すれ違う構図（「國文學」平成四年九月、學燈社）

本節は依頼原稿で、鈴木三重吉そして「赤い鳥」と賢治との関係がいかなるものであったかを、基本的な形で明らかにしたものである。ただし『注文の多い料理店』の「赤い鳥」広告掲載が、三重吉の意に反したものであった経緯については注を付して改め、それに従ってその部分の本文は修正している。

第三節　〈心象スケッチ〉のはじまり並びに補説―信仰の退行と文学の始動―　→初出、『春と修羅』（第一集）の分析（第1報）―第一章「春と修羅」(1)―（「大阪教育大学紀要」第一部門　第二九巻第二・三号、昭和五十五年十二月）

本節の初出は「注記」で触れた通りであるが、賢治における詩や童話の本格的始動が、大正十年の上京以後という観点で論じたものである。

第二章は、『春と修羅』（第一集）収録の作品（一部作家＝詩人論的視点を含む）論である。

第一節「屈折率」―詩のはじまりと惑い―　↓初出、『春と修羅』（第一集）の分析（第1報）―第一章「春と修羅」(1)―（「大阪教育大学紀要」第一部門　第二九巻第二・三号、昭和五十五年十二月、大阪教育大学）

本節は、『春と修羅』（第一集）の分析の最初の論考である。賢治の詩作の始まりのわずか九行の作品であるが、作品の構成要素の結びつきの緊密さと密度の深さを、分析の過程でつくづく思い知らされた。なお、作品分析以外の部分は、第一章作家論の第三節として別立てにしている。

第二節「くらかけの雪」、「日輪と太市」―迷いの行方、うつつへの眼差し―　↓初出、『春と修羅』（第一集）の分析（第2報）―「くらかけの雪」、「日輪と太市」―（「学大国文」第三五号、平成四年二月、大阪教育大学国語国文学教室）

本節の「くらかけの雪」はサブタイトルにある通り詩作に迷う詩人の姿を捉え、「日輪と太市」ではそれでも現実への視線を失うまいとする詩人の姿勢を分析した。なお、初出論の冒頭の部分は改稿して前節（第一節）の冒頭にした。

第三節「丘の眩惑」、「カーバイト倉庫」―自然交感のはじまりと孤独―　↓初出、『春と修羅』（第一集）の分析（第3報）―「丘の眩惑」、「カーバイト倉庫」―（「学大国文」第三八号、平成七年一月、同

前教室）

本節の「丘の眩惑」では、現実をあるものに仮象することを〈見立て〉と言う視点で分析し、また「カーバイト倉庫」では、自然の中で自己の存立を確かめながら、一方で人界を求める矛盾する詩人の心理を分析した。

第四節　「コバルト山地」、「ぬすびと」―自然と人事の交錯―　↓初出、『春と修羅』（第一集）の分析（第4報）―「コバルト山地」、「ぬすびと」―（『学大国文』第四五号、平成十四年三月、同前教室）

本節の「コバルト山地」における、氷霧と光の織りなす現象への驚異と感動は、詩人の自然に対する敬虔な姿勢から生まれたものであり、「ぬすびと」では、盗難より盗人に関心を持ち、しかもコミカルな盗人像を想い描き想念の世界に遊んでいる。

第三章は、童話論である。

第一節　「雪渡り」―雪原の遊戯―　↓初出、「雪渡り」考（一）―〝うた〟をめぐって―（『学大国文』第二九号―榎克朗教授退官記念論文集―昭和六十一年三月、同前教室）

本節の執筆動機は、賢治と同じく東北（山形）生まれの筆者が、少年時代に雪原で遊んだ際に、作中で狐を囃し立てる歌と同じような歌を、友人達と掛け合った記憶による。その記憶をさらに辿れば、歌の内容はもっと猥雑で刺激的な内容だったように記憶する。歌の掛け合いの意図はこの作品と同じで、相手を遊びに誘い込もうとするものであった。読みを分明にするために、作品の引用場面を補充している。

第二節　「おきなぐさ」―無償の生の有様―　↓初出、「おきなぐさ」考（萬田　努・伊藤眞一郎編『作品論　宮沢賢治』所収。昭和五十九年七月、双文社出版）

本節は、宮沢賢治作品にしばしば登場する〈無償の生〉を体現する存在を、「おきなぐさ」に見たものである。テーマの提示が特定の人物によってなされるのでなく、登場する人物全体が担っていることに着目し分析した。一部論旨は変えずに改めている。

第三節　「虔十公園林」を読む―自然への覚醒と生きた証―　↓初出、「虔十公園林」を読む（「國文學」平成十五年二月臨時増刊号、學燈社）

本節は依頼原稿であるが、虔十と自然との結びつきやたび重なる試練の克服を通して、虔十の植林の意義を読んでみた。読みを分明にするために、作品の引用場面を補充している。

第四節　「谷」を読む―少年の日の〈通過儀礼《イニシエーション》〉―　↓初出、「谷」を読む（「國文學」平成十五年二月臨時増刊号、學燈社）

本節も依頼原稿であるが、少年の日の鮮烈な印象的事象を、地域共同体（農村共同体）における〈通過儀礼〉として読んでみた。読みを分明にするために、作品の引用場面を補充している。

第五節　「オツベルと象」―強迫観念に支配された哀れな男―　↓初出も同題（「国文学　解釈と鑑賞」平成十八年九月、至文堂）

本節も依頼原稿であるが、以前から筆者の念頭にあった〈強迫観念〉に支配されたオツベルと言う視座を、作品全体に置いて論じてみた。白象救出劇と言う従来の〈読み〉とは違う、別の〈読み〉が可能というだけでなく、派生的に作品の重要な位置にある「牛飼い」の、その存在に対する素朴な疑念をも抱くに至ったが、これについては後日稿を改める。読みを分明にするために、作品の引用場面を補充している。

第四章は、賢治やその詩（集）に関する研究史である。

第一節　『校本全集』以後—開示された作品形成過程—　↓初出、研究の課題—『校本全集』以後（佐藤泰正・編「宮沢賢治必携」〈別冊國文學№6〉収載。昭和五十五年五月、學燈社）

第二節　『春と修羅』第一集～第三集—昭和五十五年～平成五年まで—　↓初出、『春と修羅』研究史（「國文學」平成六年四月、學燈社）

第三節　『春と修羅』第二集—昭和四十年代～昭和末年まで—　↓初出、『春と修羅』第二集（「國文學」平成元年十二月、學燈社）

第四節　宮沢賢治と近代詩人—同時代詩人の受容と展開—　↓初出、賢治と近代詩人（同前掲誌）

第五節　「東京」ノートと「東京」、「装景手記」ノートと「装景手記」、『春と修羅　第三集』と『春と修羅　第三集補遺』↓初出も同題（渡部芳紀編『宮沢賢治大事典』収載。平成十九年八月、勉誠出版）

以上の論はいずれも依頼原稿であるが、第一節は作品の形成過程を明らかにした『校本全集』以降、どのように作品を読むのか、あらゆるジャンルについて、筆者の基本的な考えを述べたものである。また第二節、第三節の研究史に関しては、筆者が範囲とした期間をサブタイトルで明示した。第四節は、賢治が影響を受けたと思われる詩人を取り上げ、問題点や受容と展開がいかなるものであったかを論じたものである。また第五節は、現在までの各研究の整理と今後の課題や展望を簡潔にまとめたものである。

第五章　文学と音楽のコラボレーション　「文学と音楽の交感—宮沢賢治童話『セロ弾きのゴーシュ』を通して—」→初出も同題（「文月」平成十九年七月、大阪教育大学近代文学研究会）

本論の［追記］でも触れたが、「セロ弾きのゴーシュ」論と言うより、筆者の新しい〈文学と音楽〉の交感の試みとして童話をあつかったこともあり、第三章とは切り離して章を立てた。今後も継続する上の記念碑的な試行である。ただし、音楽やそれに関わる部分をどう活字化するかについては難しい面があり、今後の大きな課題である。

作家・詩・童話等、賢治（と作品）についての研究のスタンスは、今後も相も変わらずマイペースのままである。作家（賢治）に対する思い入れの強さは人一倍と思うが、強いてこだわりを言えば、作家に関しても作品に関しても、常に冷徹でありたいと言うことである。当然と言えば当然だが、研究の最初から私の位置を、日本の近代の〈詩〉や〈詩人〉、詩の思潮—さらに大げさに言えば、日本の近代文学の展開—の直中に置き、それを前提にした上での宮沢賢治の究明と考えていたからである。

昨年の一月に、恩師安川定男先生を喪った。以前から二冊目の本の出版のことは申し上げていたもののの、本書の刊行は時を逸した感は否めない。ただそんな遅々とした私の歩みをじっと見守って下さったことをただただありがたく思い、ひたすら感謝するのみである。本書の刊行にあたっては、表紙装訂のデザインに長男雅司の絵画「PRIVATE — 100」を使っている。「PRIVATE」シリーズの最初期のもので小品だが、私の気に入っている一点である。また、学部の西出伸子さんに索引作りから編集全般にわたって協力して頂いた。最後に本書の出版を快諾して下さった和泉書院の廣橋研三氏には多大の御配慮を頂いた。記して深謝する。

平成二十年五月

著者識す

索引

凡 例

1 項目の配列は五十音順とし、一部を除き漢字は新字体とした。
2 人名、作品名ほか、重要と思われる項目を掲げた。
3 「 」は雑誌や作品名を、『 』は単行本を表す。ただし、『新【校本】宮澤賢治全集』のような全集本は省いた。

あ行

た行

な行

著者略歴

池川 敬司（いけがわ　けいし）

1947 年 1 月 4 日　山形県生まれ
中央大学大学院文学研究科博士課程単位取得満期修了
現在　大阪教育大学教授（実践学校教育講座）
著書　『宮沢賢治とその周縁』（平成 3 年 6 月、双文社出版）
分担執筆として、「おきなぐさ」考（萬田 努・伊藤眞一郎編『作品論 宮沢賢治』所収。昭和 59 年 7 月、双文社出版）、「宮沢賢治の初恋と創作—短歌・文語詩を中心に—」（安川定男先生古稀記念論文集編集委員会編『近代文学の諸相』所収。平成 2 年 3 月、明治書院）。
賢治論以外の論文として、「ジュール・ルナールと三好達治など」（「月報 10」、柏木隆雄・住谷裕文編『ジュール・ルナール全集 第 10 巻』所収。平成 8 年 5 月、臨川書店）、「第四章 文語定型詩から口語自由詩へ」（和田博文編『近現代詩を学ぶ人のために』所収。平成 10 年 4 月、世界思想社）、「太宰治『竹青』を読む」（山内祥史編『太宰治研究 12』所収。平成 16 年 6 月、和泉書院）などがある。

宮沢賢治との接点　　和泉選書 164

2008 年 6 月 20 日　初版第一刷印刷
2008 年 7 月 30 日　初版第一刷発行©

著　者　池川敬司
発行者　廣橋研三
発行所　和泉書院

〒 543-0002　大阪市天王寺区上汐 5 － 3 － 8
電話　06-6771-1467 ／振替 00970-8-15043
印刷・製本　亜細亜印刷／装訂　倉本　修

ISBN978-4-7576-0469-8　C1395　定価はカバーに表示